【中學生】晨讀10分鐘

文學大師短篇名作選

張子樟 選編

晨讀10分鐘

文學大師短篇名作選

奇風幻語

為愛啟程

Journey

人生風景

Landscape

意料之外 Surprise

企劃緣起

推薦文

—選編人的話—

用想像力遇見永恆的經典

■ 張子樟

文字是人類最偉大的發明之一，影響了整個人類文化與文明的演進。有了文字，人類才得以溝通思想、記錄言行、傳遞知識、探究人生。文字帶來閱讀行為，而閱讀是所有學科學習的基礎，每個人在一生中必須不斷的學習、不斷的成長。一個自發的閱讀者，最容易成為一個自發的學習者。

然而我們周遭有許多由文字書寫的學習材料，要如何為孩子們選擇呢？根據國外學者的研究，故事性文體最為理想，因為它能讓孩子將資訊牢牢記住，在知識與理解中成長。它可以建構出屬於自己的記憶，來學習閱讀與書寫，學會如何組織與詮釋經驗。

其實，閱讀的好處不只如此。根據神經科學研究，每一種學習經驗都是為未來的心智學習做準備，而且重複將想法、概念或經歷暴露在學習經驗中，還能提升記憶力。如果我們按照閱讀感受力來分類的話，透過閱讀，我們可以「感受樂趣」、「接收資訊」、「學習知識」，可以從書中獲得學習典範，還可從書中情節得到情緒的調節與宣洩。可見閱讀興趣的培養，有利於孩子在讀寫能力的增進，說得更明確些，閱讀習慣越早養成，自己的學習力、創造力越早展現。

青少年需要閱讀層次豐富的作品

哪些書籍適合給孩子閱讀？這二十多年來，繪本風行全國，國內帶領兒童閱讀的重心幾乎全以繪本為主。專家學者也認為繪本同樣具有激發想像力與創造力的功能，但與文字的功能層次不同，特別是在邏輯分析及思考能力方面。因此，繪本教學在學習過程中似乎有其局限性。況且，閱讀繪本只是閱讀人生這本大書的起步，比較適合學前教育與國小低中年級。如果我們仔細觀察，一定會發現，國內以國小學生為主要訴求的課外閱讀書籍幾乎滿坑滿谷、唾手可得，反而比較欠缺適合十二至十五歲青少年閱讀的好作品，尤其是經典作品。

年輕的孩子總覺得自己生命無限，有段漫長的燦爛歲月可以盡情揮灑。這種想法很難評斷其對錯，但珍惜生命的每一分每一秒的想法絕對錯不了，而且分分秒秒都應該用在提升自我的事物上，閱讀也是如此。與其把許多時間花在大眾休閒通俗讀物上，不如一開始就大步邁入廣闊的文學大師作品世界，在名家充滿想像力的高妙作品中徜徉，汲取他們以生命錘鍊的思想精華。

為什麼要讀文學大師短篇名作

適合中學生閱讀的《文學大師短篇名作選》初版第一次印行於二〇一〇年十二月。十二年過去了，當年細讀這本書的中學生可能早已為人父母，如何吸引新一代的中學生細讀這本新版，成為本書最大的考驗。

這本新編版在架構上，依據作品的表現方式和精采意涵依然分成四大類：**奇風幻語、為愛啟程、人生風景和意料之外**。

談奇風幻語，免不了會讓不同程度的讀者想起《黑暗元素三部曲》（His Dark

Materials）作者菲利普・普曼（Philip Pullman）所說的：「……想像越是深刻強大，幻想編造出的形體就越接近現實：與現實並非不像，而是最為相像。」這是他在《好故事能對抗世界嗎？》一書中的一段話。因而在此章，選入了包括〈兒童天堂〉、〈最初的晚霞〉、〈造獅者〉這樣的神話或寓言改寫短篇，以想像力帶讀者深陷，藉此領悟人生。

在為愛啟程裡，精選與「愛」相關的短篇，無論是親情之愛、男女之愛，甚或動植物、土地之愛，唯有被各種「愛」環繞著，方懂得如何分辨善惡，讓自己的人生添加無數的不同色彩。

人生風景中的短篇小說，論及人生中最精采的地方、最值得傳遞深究的時空移轉的微妙之處，省略掉「薛西弗斯」式的乏味重複、流水帳式的記錄。而那些被減去的部分成了我們的日子，需要我們去「過」。

最後，在意料之外章節裡，作者們在書寫時用心編織情節，讓人深刻體會故事中時空的不可或缺，逐漸帶領不同程度的讀者到高潮，然後另起幾種轉折，驟然下降，超越許多讀者的猜測，使得他們心服口服。

舊版選用作品只保留十篇，換了一半。二十篇全是名家作品，包括得過諾貝爾文學大獎的泰戈爾、皮蘭德羅；世界三大短篇之王：契訶夫、莫泊桑和奧．亨利；托爾斯泰、狄更斯、霍桑、屠格涅夫等亦都是舉世公認的大作家。少數幾篇則依分類需要，選用恰當的作家作品。

〈我有一個夢〉和〈西雅圖酋長的演說〉已成為眾所公認的描述民權運動和維護生態的絕佳文字，為十九～二十世紀的重要文獻，即便到了人權保障與環境保護意識已深植人心的現代，仍值得年輕讀者一再傳頌。全書中唯一的一篇詩〈倖存〉來自於愛斯基摩部族的無名寫手，它提及了多數現代國家必須慎思的問題：如何照顧家中的年邁長者？此問題或許對青少年讀者而言距離較遠，但亦提供一個不同面向的文本基礎，留給孩子們思考。

許多專家學者都強調：好的文學作品都在於探討人性，這本書的選文也是遵循這個傳統，但書寫方式則各有所愛。有些作品以闡揚人性本善為主；有的作品則展露人性之惡，突顯性善的重要性。每位作家各有不同的展示方式，但主軸永遠不會偏離對於善的追尋。為幫助新一代的年輕學子更深刻領略世界文學短篇名作的意涵，這次改版在每篇文末更加入了「文學大師領讀」單元，藉由選編人的提綱挈領，突顯每篇選文想傳達的核心思想，即便時空流轉，亦能提供讀者新的理解觀點。

好書無所不在。你只要靜下心來，逐頁細讀，你就會像美國知名女詩人艾蜜莉・狄更生（Emily Dickinson，1830～1886）在她的名詩〈沒有輕舟像書籍一樣〉（There is no Frigate like a Book）所說的：

沒有輕舟像書籍一樣
帶我們遠走他鄉
沒有駿馬如滿頁的詩篇
躍動奔放

奇風幻語

「想像越是深刻強大，幻想編造出的形體就越接近現實：與現實並非不像，而是最為相像。」奇幻作品真真假假、虛虛實實，使得讀者深陷其中，領悟人生的種種。菲利普・普曼一語道破奇幻。誠哉斯言！

兒童天堂

美國　納撒尼爾·霍桑 Nathaniel Hawthorne

很久很久以前，當這個世界還處於起步階段時，有一個名叫埃庇米修斯的孤兒。為了不讓他覺得孤單，眾神派了另一個像他一樣無父無母的孩子作為他的玩伴和助手，她的名字叫潘朵拉。

當潘朵拉進入埃庇米修斯住的小屋時，第一眼便看到一個大盒子，她向他提出了第一個問題：「埃庇米修斯，那個盒子裡裝的是什麼？」

埃庇米修斯回答：「我親愛的小潘朵拉，這是一個祕密，你必須善良得不要問任何問題。盒子放在這裡是為了安全，我自己也不知道盒子裡有什麼。」

神話告訴我們，埃庇米修斯和潘朵拉已經生活了數千年了，當時與今天的世界完全不同。孩子不需要父母照顧，因為那裡沒有任何危險或麻煩，也沒有衣服要修補，可吃喝的東西很多。孩子想要吃晚餐時，他就會發現它長在樹上。這確實是一個非常愉快的生活，人們無需做任何工作，也無需學習任何任務，每天的生活都是運動和跳舞，以及孩子們甜美的聲音，整天像鳥兒一樣歌頌或歡笑。

但是對於埃庇米修斯對盒子的解釋，潘朵拉並不完全滿意。

「它從哪裡來？」她不斷問自己：「裡面到底是什麼？」最後，她跟埃庇米修斯說了。

「你可以打開盒子，」潘朵拉說，「然後我們就可以看到裡面的東西了。」

「潘朵拉，你在想什麼？」埃庇米修斯大叫。他對於要查看盒子裡的東西感到非常恐懼，因為這個盒子是在他答應不打開的情況下才給了他，潘朵拉最好不要再提起。但她仍不由自主的思考和談論它。

她說：「至少，你可以告訴我它是怎麼來的。」

埃庇米修斯回答：「它就在門口，那是在你來之前，一個滿面笑容的聰明人送來的，他放下它時還不停的微笑著。他穿著一件奇怪的披風，頭上的帽子似乎是用羽毛做成的，看起來好像有翅膀。」

「他拿著什麼樣的枴杖？」潘朵拉問。

「喔，這是你所見過最奇怪的枴杖！」埃庇米修斯叫道，「就像兩條蛇纏在一根枴杖上扭動，而且雕刻得栩栩如生，以至於我一開始以為蛇還活著。」

「我認識他。」潘朵拉若有所思的說，「沒有其他人會擁有這樣的枴杖。他是信使，把我和盒子都帶到了這裡。毫無疑問，他是為我準備的，它很可能裝著給我穿的漂亮衣服，或者是我們倆的玩具，或者給我們的美食。」

埃庇米修斯回答：「也許是這樣，」他轉身說，「但是直到信使回來，並得到他的允許之前，我們都沒有任何權利掀開蓋子。」

不久之後的一天，埃庇米修斯獨自去採集無花果和葡萄，而沒有詢問潘朵拉。自從她來到之後，他就一直聽到有關那個盒子的種種，只有那個盒子，他已經厭倦了。他離開後，潘朵拉跪在地板上，專心的盯著盒子。

它是用漂亮的木頭製成，而且擦得非常光亮，潘朵拉都能從盒蓋上看到她的臉。四邊和角落的雕刻最為精巧，邊緣有優雅的男女雕塑，以及前所未見的漂亮孩子在花園和森林中躺臥或玩耍。而其中最漂亮的面孔是在盒子中央以靈巧浮雕刻成的，除了漆黑光滑的木紋以及額頭上的花環之外，沒有其他的東西，五官還帶有一種調皮可愛的表情，如果它的嘴巴會說話，可能會說：「別怕，潘朵拉！打開盒子哪會有什麼危害？別管那個可憐又單純的埃庇米修斯。你比他聰明，膽量是他的十倍。打開盒子，看看你能否找到什麼漂亮的東西？」

就在這特殊的日子裡，當潘朵拉獨自一人時，她的好奇心就變得非常大，以至於最後她碰了一下盒子。她已下定決心要打開它。

她首先嘗試舉起它。但它太重了，對於像潘朵拉這樣纖細的孩子來說實在太重了。她把盒子的一端抬離地面幾英寸，然後砰的一聲讓它掉下來。片刻之後，她幾乎以為自己聽到盒子裡有什麼動靜。她不確定自己聽到了什麼，但她的好奇心比以往任何時候都強烈。突然，她的目光落到繫在盒蓋上的那個奇怪金結上。她用手指握住它，幾乎沒有任何猶豫，就急忙的試圖解開它。

這確實是一個非常複雜的結，但是最後，僅僅因為一次偶然的意外，潘朵拉把繩子扭了一下，它就自動解開了，就好像施了魔法一樣，盒子沒有了釦栓。

潘朵拉說：「這是我遇過最奇怪的事情。埃庇米修斯會說什麼？我有沒有可能再把它綁起來？」

緊接著，一個調皮的念頭浮現在她的心中，既然她可能會被懷疑查看過盒子，那不妨就立刻這麼做。

當潘朵拉掀開盒蓋時，小屋突然變黑了，因為烏雲完全籠罩了太陽，看起來像是活埋了它。過了一會兒，一陣低沉的咆哮和抱怨聲一下子變成了沉重的雷聲，但是潘朵拉沒有注意到這一切。她幾乎直立起蓋子往裡頭看去，突然有一群帶著翅膀的生物掠過她，從盒子裡飛了出來。同時，她聽到門口的埃庇米修斯痛苦的大叫

著：「喔，我被刺痛了！我被刺痛了！頑皮的潘朵拉，你為什麼要打開這個邪惡的盒子？」

潘朵拉鬆開蓋子，抬頭看了看落在埃庇米修斯身上的東西。雷雲使房間變暗，使她看不清楚房裡的東西，但是她聽到了令人厭惡的嗡嗡聲，好像有很多巨大的蒼蠅或大蜜蜂在飛來飛去。而當她的雙眼逐漸適應昏暗後，她看到了一群醜陋的小東西，看起來滿懷惡意。牠們長著蝙蝠的翅膀，尾巴上有可怕而巨大的刺，其中一個正刺著埃庇米修斯。不久之後，潘朵拉自己也哭了起來，一個可惡的小怪獸正停在她額頭上，如果不是埃庇米修斯跑去趕走牠，會深深刺痛她。

現在，如果你想知道這些從箱子裡逃出的醜陋東西是什麼的話，我必須告訴你，牠們是整個塵世的麻煩家族：有邪惡的激情，很多種類的擔憂，一百五十多種悲傷，大量奇怪而痛苦的疾病，還有比過去人們討論過更多種的頑皮行徑。簡而言之，折磨人類靈魂和身體的一切事物都被關在那個神祕盒子裡，盒子被送到埃庇米修斯和潘朵拉那兒，安全的保管起來，使得世界上快樂的孩子永遠不會被牠們騷擾。如果他們忠於所託，那麼所有人都會過得很好，從那時到現在，沒有一個成年人會傷心，也沒有任何孩子會流淚。

但是，這兩個孩子不可能把醜陋的東西留在自己小屋裡。潘朵拉急忙用力拉開門窗，想要趕走牠們。果然，那些有翅膀的麻煩飛走了，並到處糾纏和折磨各地的人們，之後人們再也無法經常歡笑了。以前看似永遠不老的孩子，如今一天天長大，不久就成為少男少女，成熟的男男女女，然後成為老年人，在他們夢見這樣的事情之前。

同時，頑皮的潘朵拉和埃庇米修斯仍留在他們的小屋中，他們兩個都被刺痛了。埃庇米修斯背對著潘朵拉，悶悶不樂的坐在角落。至於可憐的小潘朵拉，她摔倒在地板上，將頭靠在那致命的箱子上。她哭得好像心碎了。突然，蓋子內側被輕輕敲了一下。

「那會是什麼？」潘朵拉哭著抬起頭。

但是埃庇米修斯毫無心情，不想回答她。

輕敲聲再次響起，聽起來像是仙女的小指頭在敲擊。

「你是誰？」潘朵拉問：「誰在這個可怕的盒子裡？」

裡面傳出一個甜美的聲音說：「只要掀起蓋子，你就會看到。」

潘朵拉回答：「不，不，我已經受夠掀起蓋子的滋味了。你不要認為我會笨到讓你出來。」

「啊，」甜美的聲音再次說道，「你最好讓我出去。我可不像那些尾巴上有刺的頑皮生物，牠們與我沒有關係，只要掀起蓋子，你很快就會發現。」

確實，她的語氣中有一種歡快的魅力，讓人幾乎無法拒絕這個小聲音的要求。隨著盒子裡傳出的每個聲音，潘朵拉的心變得輕鬆，埃庇米修斯也離開了他的角落，精神似乎振奮了起來。

「埃庇米修斯！」潘朵拉大喊道，「不管發生什麼事，我決心掀起蓋子。」

「蓋子似乎很重，」埃庇米修斯從房間跑過來，「我會幫你的。」

於是，兩個孩子都同意把蓋子掀開。一個燦爛明媚、面帶微笑的小人物飛出來，在房間裡四處盤旋，所到之處都散發著光芒。你有沒有利用小鏡子反射過陽光，使它在黑暗的角落跳舞？好吧，在這陰暗的小屋中，這個童話般的陌生人雙翼也是這般歡騰。她飛到埃庇米修斯那兒，用手指輕輕觸摸「麻煩」刺痛他的發炎部位，疼痛立即消失了。然後她親吻了潘朵拉的額頭，她的傷痛也得到了治癒。

「你是誰，美麗的生物？」潘朵拉問。

這位燦爛明媚的人物解釋道：「我被稱為希望。因為我是個如此開朗的人，所以被眾神塞進盒子裡，來彌補一大堆醜陋的麻煩。不要害怕！別管牠們，我們會做得很好。」

潘朵拉喊道：「你的翅膀像彩虹一樣色彩繽紛，多麼美麗！」

埃庇米修斯問：「您會永遠和我們在一起嗎？」

「希望」說：「只要你們需要我，而且只要你還活在這個世界上。我保證永遠不會離開你。」

因此，潘朵拉和埃庇米修斯找到了希望，從此以後所有信任她的人也都找到了希望。麻煩仍在世界各地橫行，但我們有一個可愛又輕快的希望女神，可以治癒牠們造成的種種傷痛，並為我們創造一個新的世界。

納撒尼爾·霍桑

（Nathaniel Hawthorne, 1804～1864）

十九世紀美國小說家，其代表作長篇小說《紅字》，為世界文學的經典之一。霍桑被認為是生活旁觀者，這種生活態度決定了他對人們心理活動的興趣和洞察力。他深受原罪思想的影響，認為原罪代代相傳，因此作品中常描繪社會或人心的黑暗面，並倡導人們應透過善行來洗刷罪惡，淨化心靈。

文學大師領讀

這是一篇根據原作脈絡改寫的作品，作者賦予它新的意涵。

根據神話中的描述，當初眾神之王宙斯要求負責保管魔盒的潘朵拉，絕對不可讓任何人打開魔盒。但是潘朵拉十分好奇，偷偷的把盒子打開了，釋放出人世間的所有邪惡——貪婪、虛偽、誹謗、嫉妒、痛苦等等，讓原本寧靜沒有任何災害動亂的世界開始變得動盪不安，但她卻照宙斯的旨意趁「希望」還沒來得及被釋放前，在慌亂中趕緊蓋住盒子，結果盒內只剩希望沒飛出去，永遠鎖在盒內。因此即使人類不斷的受苦受難、遭遇種種挫敗和折磨，「希望」都不會消失。

霍桑為使故事更適合孩童閱讀，把潘朵拉變成一個好奇的女孩。她一直要求埃庇米修斯打開他保管的魔盒，他都沒答應，於是，潘朵拉趁他不在，偷偷打開了。她和趕回來的埃庇米修斯都被盒中的飛行怪物刺傷，兩人最後又把活潑、討人喜歡的「希望」釋放出來，所以人類才擁有希望，不至於活在絕望當中。如果潘朵拉關住了希望，那麼人類世界應該是沒有希望，始終活在沒有前途、充滿絕望的世界中。

雖是故事新說，但在作者的生花妙筆下，對於潘朵拉的好奇、頑固，埃庇米修斯的無奈、束手無策，都刻劃得十分傳神，值得孩子細讀。關於經典改寫成的兒童故事，我們認為普希金的敘事詩〈漁夫和金魚的故事〉優於格林兄弟編選的童話故事。而霍桑的這篇改寫，由於訴求對象是一般孩子，便把兩個成人角色轉換為小男生、小女生。部分情節也改了。

愛米的問題

美國 ｜ 蒂莫西．謝伊．亞瑟 ｜ Timothy Shay Arthur

「愛米！」

戈羅夫人站在面向花園的門前喊著，沒人回應。半個小時前太陽落山了，餘暉隱隱約約的映襯著西邊天界的幾朵金紫色雲彩，一輪美麗的圓月正慢慢從東方升起，使得天空中閃著光的星星變得黯淡。

「愛米在哪？」她問道，「有人看見她進來了嗎？」

「我看見她一小時前拿著編織的東西上樓了。」愛米的哥哥說，他正忙著用小刀把一堆松木做成小船。

戈羅夫人走到樓梯口，又喊了一遍，但還是沒人回應。

「我真納悶這孩子會在哪？」她自言自語的說，一絲擔心閃過她的腦海，因此她上樓去找愛米。愛米的房間關著門，但戈羅夫人一推開就看見她的小女兒坐在敞開的窗戶上，她太沉醉於灑滿月光的夜空和她自己的思考，因此沒聽到媽媽進來的聲音。

「愛米！」戈羅夫人叫道。

孩子驚醒了，然後很快的說：「喔，媽媽！快來看！這多動人啊！」

「寶貝，你在看什麼呢？」戈羅夫人坐在她身旁，伸出胳膊摟著她問著。

「看月亮，看星星，還有山那邊的湖。您看，水面上有一條多麼閃耀的路啊！

媽媽，這好美啊！這景色讓我感到平靜又愉快。我想知道為什麼會這樣？」

「我來告訴你原因好嗎？」

「喔，好啊。親愛的媽媽！原因是什麼？」

「上帝創造了這一切美好的事物。」

「嗯，是的，我知道！」

「這些美好的事物是為人類創造的，因為人是最高級的創造物，最接近上帝。人類下面的所有事物都是為了人類的利益而創造的，也就是說，上帝為人類創造了這些事物，用來支撐起我們的身體和靈魂的生命。」

「我不知道能用月亮和星星做什麼。」

「但是，」媽媽回答說，「一分鐘之前你才說月夜的美麗讓你感覺到平靜又愉快啊。」

「是啊，是這樣的，然後您說您要告訴我原因。」

「首先，」媽媽說，「我要提醒你，月亮和星星在夜晚給我們光亮，如果你湊巧在日落後還在外地，月亮和星星就會幫你指引回家的路。」

「我剛才說它們沒用的時候沒想到這些。」愛米說。

她的媽媽繼續說——

「就像我剛才說的，上帝為人類創造了所有美好事物，每樣事物都為我們帶來兩種恩典——一種是身體上的，一種是靈魂上的。月亮和星星不僅給了我們光亮，使黑暗的路變得平坦安全，它們平和的氣質還使平靜充滿了我們的靈魂。真的是這樣的，因為在上帝創造的所有自然事物裡都有一些像上帝內心的某些物質，這些東西我們不應用眼睛看，而須用靈魂來體會。你明白

我說的嗎，愛米？」

「只明白一點點，」孩子回答，「您的意思是，上帝存在於月亮和星星，還有所有祂創造出來的事物裡？」

「不全是，但是祂創造了它們，將每樣事物都作為一面鏡子，在這些鏡子裡我們的靈魂會看見上帝的慈愛和智慧。在水裡我們會看到上帝的真實，這種真實可以解除我們的口渴，可以洗淨我們的汙濁。在太陽裡我們能看到上帝的慈愛，這份慈愛給了我們光和溫暖，還給了我們的靈魂所有美麗和健康。」

「那月亮裡有什麼？」愛米問。

「月亮很冷靜，不像太陽那樣透著上帝慈愛的溫暖光明，就像那些真理一般，而不像慈愛那樣溫暖明亮，月亮在黑暗的時候為我們指路。你還太小，無法理解太多，只要記住：你看到的一切美好事物，都在你的靈魂反射出上帝的自然和品質，這就是為什麼當你看著美好、愉快、美麗、純淨、甜美的自然事物時心裡會感到平靜或喜悅的原因。」

說完這些，她們坐在一起看著窗外，領會上帝和祂作品中平和的氣質。直到樓下傳來了聲音，愛米回過神，驚呼：「喔，爸爸回來了！」然後牽起媽媽的手，下樓見他。

蒂莫西・謝伊・亞瑟

（Timothy Shay Arthur, 1809~1885）

被稱為T. S.亞瑟，十九世紀美國著名作家，也是知名的出版商。亞瑟也為美國南北戰爭前最受歡迎的女性月刊《戈迪夫人之書》（Godey's Lady's Book）撰寫過多篇文章，同時編輯並出版了自己的《亞瑟雜誌》（Authur's Magazine），他的故事中充滿同情心和敏感性，表達了與美國「有名望的中產階級」生活相關的價值觀和思想。

文學大師領讀

這篇作品深具宗教意涵，這當然與作者的信仰和背景有關。作者是典型的中產階級，文中表達了一種美國「有名望的中產階級」生活相關的價值觀和思想。他是虔誠的基督徒，借用文中媽媽的口氣，宣揚了上帝創造世界的概念，無論是太陽、月亮、星星都有不同的功能，都能說出一番大道理，使讀者信服。

生長於中產階級氛圍下的小女孩愛米，因為不愁吃穿，才能有心觀察周遭的自然現象，也深信媽媽的詮釋。我們當然相信，三餐不繼的家庭，終日為稻粱謀，往往忽略了對身邊自然現象起伏變化的靜察與關注。生活環境的差異自然會影響到人對自然現象的感受。

文中的母親說：「世界上所有美好的東西，都是上帝創造的。這些東西我們不應用眼睛看，而須用靈魂來體會。」這種說法雖然顯示她的虔誠，但有人會說近乎狂熱，反問一句：「那世上像地震、暴風雨等不好的東西又是誰創造的？」她可能會一時語塞，但堅信之心不可能改變。

對於自然現象的詮釋，其他宗教或許另有別出心裁的方式，但趨善避惡應該都是相同的。換言之，只要家庭環境許可，任何宗教對周遭事物的詮釋都是出自於善意。

無論如何，文中母親對自然景象的詮釋並非偏頗，一般讀者都可以接受。長輩若能善加利用周遭的時空現象來教導小輩，潛移默化的力量亦不可忽視。

最初的晚霞

美國 威廉·馬區 William March

這篇作品原文的情節敘述以雙線進行，說故事的是一位在第二次世界大戰慘遭納粹迫害的博士。由於原文較長，編者只選擇神話奇幻的部分，希望年輕讀者在細讀之後，能深刻體認這篇感人故事的寓意。

那是許久以前的事了，是耶穌誕生許久許久以前的事，而且那時候，還沒有人知道我們的上帝。從前有一塊陸地，跟我們現在居住的很像，只是，並不像我們的地球一樣圓。它的形狀好像一個磨坊的輪子，兩面都是平平的。

輪子的下面是在海洋上面，上邊的那一面朝天；古老的異教神就是住在這個境界裡。那些異教的神，有許多漂亮的宮殿可以居住，但是最堂皇的還是在太陽上面。每天一大早，那座太陽宮殿就會由大輪子的東邊升起，然後，開始它橫跨天空的旅程。所有的光和所有的熱，都是打那兒來的。住在輪子上的人對於這一點，非常明瞭。他們一看到那座宮殿出現的時候，就會從岩洞裡走出來，他們凝視著上面，然後獻上他們血淋淋的犧牲品。

在整整一天之中，住在輪子上的人全靠太陽取暖和照明。但是，當太陽走完天空的旅程，到輪子的西邊時，便走到無人知曉的地方。於是，那輪子上在太陽回來以前，便全是黑暗和寒冷了。

在那個輪子上的生活是很痛苦的。那裡的人終日感到異常寒冷，痛苦不堪，而且食物老是不夠吃。他們那個地方盡是岩石，所以非常荒涼，產出的東西自然不足他們食用。他們擁有的除了大海、天空和鹽澤以外，可以說是一無所有了。

照理說，在那輪子上的人既然一樣受罪，似乎應該同舟共濟才是，可是，不幸得很，結果並非如此。因為他們不肯互相幫助，而且以殘酷的手段來對付彼此，所以永遠互相殘殺。因為他們所知道的，只有這個。

輪子上的人身體粗壯而笨拙，他們的背不像我們的背一樣筆直。他們的胳膊很長，腿短而且彎曲。一頭黃髮，非常粗糙。而且，他們的嘴巴一天到晚都是半張開的樣子。

這種情形不知維持了幾千萬年，後來，輪上的居民之中誕生了一個男嬰，從此，故事總算真正開始了。起初，那孩子似乎和別的孩子沒有兩樣，但是，他的頭腦卻與眾人迥然不同。這個奇特的孩子，天天看到一些殘暴的行為和流血事件，他大不以為然，等他長大以後，也仍向人表示此意。可是，當他談到他所贊成的正義、厚道和仁慈的時候，人們根本不明白他究竟在說些什麼。他們以前從來沒聽說過這些東西。

要不是他太與眾不同，他們一定會把他當場殺死，然後就把他忘到九霄雲外了。但是，他是這麼與眾不同，所以，他們對他非常畏懼。他們以為他侍奉了一個威力無邊的魔鬼，因此，他們只敢用石頭和棍棒將他逐出部落，讓他在沼澤後面飢寒交迫而死。

這個人叫做瑟德。

由於輪上的人不了解他，他們自然會如此莫名其妙待他，因為，當時所發生的，並不是一件尋常的事，輪上所誕生的是人類的始祖。瑟德是否知道這個，恐怕還是疑問。不過許多學者都以為他是人類的始祖，如果真是如此的話，那麼這真是人類歷史上的一件大事了。

當時，這種被驅逐的人常死於意外，但瑟德不曉得有什麼法子，竟然沒有死，終於長大成人。

瑟德長得像什麼樣子呢？乍看他和其他巨輪上的人長得很像。他的背並不直，他的腿也是短而彎曲的，這一方面，和他們完全一樣。他的頭髮是黃的，長長的披到肩上，也和別人一模一樣。但是，他的眼睛並不像他們的眼睛那樣冷酷無情。這一點是他和其他輪上的人最大的區別。

有一件事，輪上其他的人要是知道了，是不會理解的。那就是：瑟德對他們沒有絲毫怨恨。他們對他雖然那麼殘忍，可是，他毫無怨言，只希望他們能相信他的新思想。他往往躺在岩石上好幾個鐘頭，一心想要達到這個目的。可是，在那個時期，這種希望似乎是非常渺茫的，因為，他只要想走近一個同胞，那個人不是立刻跑開，就是用石頭扔他。看情形，想達到他的目的，是不可能了。但是，他並不灰心。有一天，他環顧四周，發現天空和輪上的一切都是單調的死灰色，除此以外，可以說是沒有什麼色彩。於是，他想到一個法子，來完成他急於想要做的事情。
瑟德想做的事情其實也很簡單，他想要把那毫無生氣的灰色天空塗抹上其他顏色。他自從想到這個偉大的計畫以後，就再也不想別的。於是，他的第一步工作就是挑選一個最適當的地方著手。他所挑選的地點，就是太陽宮殿在黑夜降臨以前經過的那個輪子邊緣。那兒有座高山，山邊有一個架子突出成為海上的一條道路。
於是，瑟德做了一些畫筆，擱起來備用。然後，他開始物色可應用的顏料。但是，他能找到的，只有一些顏色黯淡的莓子。當然顏料畫出來的天空不會好看的，但是，瑟德已經盡他最大的力量。因此，他就把那些莓子採集起來。他一早就開始工作，等爬上山頂，走到架子那一端的時候，已經傍晚了。正如他所想到的：這裡的天空離他那個立腳處非常之近，他一伸手，就可以摸到了。
於是，瑟德把莓子放進架上的洞裡，按照顏色的不同，依次放到不同的洞裡。他把莓子搗碎，再把水倒進桶子裡。他將畫筆沾些顏料，就開始畫。他的顏料一塗到天空，就馬上褪掉。可是他仍不死心，繼續塗了許久。他把所有的顏料都用完以後，卻毫無工作成績。天空立刻將他塗的色彩蓋住，一點顏色也不剩。

瑟德的顏料是不中用了，但他知道下一步該怎麼辦。他再次將桶裡倒滿水，然後，將自己一頭長長的黃髮拔下來。他將頭髮放到木桶裡。頃刻之間，桶裡的水就變成很鮮明的黃色。他將畫筆浸在黃水裡，然後開始塗天空。這一次，色彩塗上之後，變得非常牢固。黃色的線條一路抖動，由空中畫過去。顏色散開以後，邊上呈現淡檸檬色。瑟德看見自己的成績，大喜過望。可是，他馬上又搖起頭來。原來，他對於自己的工作仍不滿意，「還需要一點兒紅色。」他用堅定的態度說。

因此，瑟德用一個石片將自己的身子劃破，伸手往上，去把自己的心肝挖出來後，握在手中，稍停片刻，然後，輕輕的將它放進第一個桶裡。頃刻之間，桶裡的水就變得又紅又美了。瑟德用畫筆往桶裡一浸，裡面就發出一陣輕輕的嗡嗡聲響。於是，瑟德把紅色塗到天空上。顏色塗上以後，也是非常牢固。他把紅黃二色調得非常勻，所以，過了一會兒，這兩種顏色彷彿再也不會分開了。

瑟德就站在那個石架子上端詳著自己的傑作。「誰會想得到那鮮明的色彩都是我的鮮血呢？」他這樣驚奇的自言自語，並高舉雙手開始唱起歌來，他是有權利唱的。但是，過了一會兒，他停住歌聲，固執的搖搖頭。那幅畫仍不十分妥當，他自己很清楚。「現在所缺少的是藍色，」他說：「要是再加上藍色，那就十全十美了。」

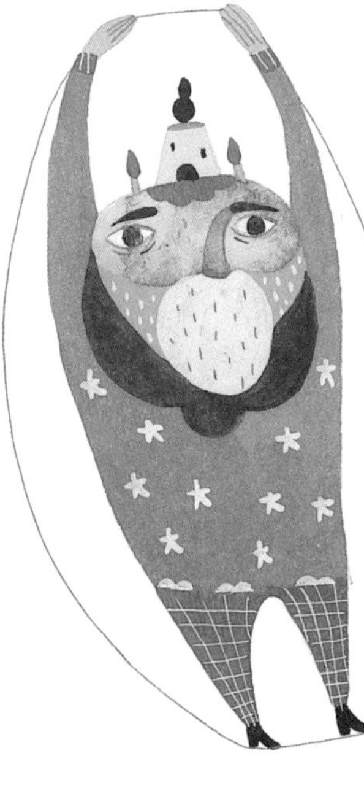

他有氣無力的坐在那個石頭架子上，慢慢哭了起來，因為他知道：若要把夕照

圖畫得十全十美，就得做到他該做的事，那麼他也將不可能再看到自己美麗的作品了。他甚至還來不及高興，就會死去。於是，他抬起頭來，看見那座太陽宮殿正好在他的頭上，再過不久它就要經過那輪子的邊緣，大地即將變得黑暗而寒冷。他得加緊工作。

這時候，瑟德才獲得他所需要的勇氣，站起來，走到第三個水桶前面。他將自己溫柔的藍眼珠挖了下來，丟到水桶裡。他拿起畫筆，開始在天空塗上一層比藍寶石還要藍的色彩，而且這種色彩也是很牢固的。這種藍色和紅黃二色混合起來，濃淡相間，豔麗無比，人間未曾看見。色彩在上面東西南北，前後左右的流動著。瑟德迅速的塗，當藍色用盡的時候，他精疲力竭的倒了下來。他熱切的將已盲的眼眶轉向人間第一片晚霞。

過了一會兒，那些巨大的異教神往下面望，祂們看見有人將祂們的財產損壞得一塌糊塗，上面五顏六色的，耀眼欲眩，變得非常不愉快。祂們所看到的晚霞，就如同我們現在看到的一樣。

當那些異教神俯視瑟德的所作所為時，祂們之間引起一陣騷動。祂們覺得既生氣，又莫名其妙。但是，祂們一看見瑟德躺在那個石架子上面，就知道出了什麼事，於是，祂們就派一個差人下來帶他去問話。瑟德被差人帶到那些巨大的異教神面前，許多瑟德在輪子上的信徒，都相信當時的經過情形是這樣的，他們對他們的子子孫孫，也是這樣講的。

當時在那些巨神面前，瑟德顯得非常渺小可憐，他卻一點兒也不怕祂們。任憑祂們如何恐嚇他，也不肯將天空中的色彩抹掉。他只是笑了笑，答道：「我已經忍受了那麼大的痛苦，你們還能把我怎麼樣？」然後，他挺起身來，又說道：「當輪子上的人了解我的晚霞時，他們也許會將彼此之間的仇恨、殘忍和不平的待遇消除，像我一樣。最終他們也許會明白我想要告訴他們一些什麼，然後，他們就會相信慈善和仁愛的道理，就像我一樣。」

因此，那些異教的神曉得對他沒什麼別的辦法了，便把他殺掉。祂們以為，這樣就能把他和他的晚霞一併除掉。祂們把他殺掉還不放心，還用石磨將他輾成末，然後撒到空中，讓風吹跑，使他再也不能玷汙太陽的宮殿。

這篇故事並沒有在這裡結束，當一切事實都擺在眼前的時候，才算真正的開始。如果那些異教神不把瑟德的骨灰撒到各處，而是把它封存起來，瑟德的宗教也許就在這兒結束了，但是祂們不曾想到這一點。

那些異教神將瑟德的骨灰散布到各處，確實是鑄下了大錯，因為他的骨灰隨風四散，結果，有一部分又回到地輪上。有一份也落到我們的地球上，不過，在那一片洪濛之中，我們的地球只有針尖兒那樣小呢！瑟德的肉體雖然死了，他的精神並沒有消滅，他的精神也包含在他的骨灰裡。所以，從此以後，只要有一丁點兒瑟德的骨灰和地球上的人接觸，那個人的身上就有某種成分，和那第一片晚霞有一點神似。這才是瑟德的真正信徒，他們都是地球上的美麗子民。他們每個人，依照個人持有的才幹以生活和工作來證實瑟德所預言的「美」、「仁慈」、「愛」。

只要有美，有仁慈，有愛，晚霞就永遠掛在西天上。

後來有一個人極可信賴，並且得到瑟德的骨灰最多，所以，他慢慢變得像瑟德一樣偉大。像這樣偉大的人並不只是瑟德的信徒，其實就是他的子孫。他的使命就是領導世人，使這個充滿殘暴和仇恨的世界，恢復原有的和平與尊嚴。

瑟德在臨死之前有一個預言，當時那些異教的神根本不相信，但是，後來應驗了。他說：「那片晚霞是象徵著他所信仰的道理。只要宇宙間有美，有仁慈，有愛，他的晚霞就永遠掛在西天上，要是這些美德消逝了，那麼，他的晚霞也與之俱逝。」

那個當下，瑟德正想著，在一個充滿了偏執和殘暴的世界上，人們的生活多麼痛苦？同時也在想，他自己是多麼痛苦？他知道，他的信徒也不會過上安逸的生活。這一切才是他最關懷的。所以，他決意要讓他的晚霞，每天在太陽宮殿經過太空邊緣時回到人間，並且在西天上照耀。因為他的子孫們在感到軟弱無助時抬頭一看，就會知道：在這個世界上，他們並不孤單。

瑟德的故事使我們相信，他的子孫現在至少還有一個活在世界上的某個地方，他會領導我們，使我們能夠恢復和平，相親相愛的生活。

威廉・馬區

（William March, 1893～1954）

原名威廉・愛德華・坎貝爾（William Edward Campbell），生於美國阿拉巴馬州。第一次世界大戰時加入海軍陸戰隊。戰後在船運公司工作。一九三三年出版第一部長篇小說《K連》（Company K），此書大致基於他的戰時經歷。在德國工作時精神崩潰而返回紐約，在接下來十一年內寫了五本小說。一九四六年辭去工作專職寫作，又遭遇更加嚴重的精神崩潰，曾在南方療養院休養六個月。一九五四年四月，《壞種》（The Bad Seed）這部被公認為他最佳作品的小說出版時，馬區已經病重。當年五月十五日，因心臟病發作辭世，未及享受此書的成功。此書登上美國《紐約時報》暢銷榜，被列入二十世紀西方驚悚小說的經典之作，曾獲一九五四年美國國家圖書獎提名，並改編成劇本搬上舞臺和銀幕。

文學大師領讀

故事時空背景設定在耶穌誕生許久許久以前，在上帝還不為人知曉的混沌世界，以及形狀好像磨坊輪子的一塊陸地。古老的異教神就住在太陽上面。輪子上的原始人混沌不明、嘴巴開開、思想保守、缺乏智慧。

主角瑟德外表和別的孩子沒有兩樣，頭腦卻與眾不同。他向人談論正義、厚道和仁慈，人們對他非常畏懼，因此，只敢用石頭和棍棒將他逐出部落外，結果瑟德沒有死，且他對人們毫無怨言，只希望他們能相信自己的新思想。

他要把那毫無生氣的灰色天空塗上顏色，先用莓子當顏料，但一塗到天空，就馬上褪掉。最後他奉獻身體的各部分，人間才出現第一片晚霞。異教神震怒，但瑟德不肯將天空中的色彩抹掉。他受死後，骨灰隨風飄散，部分又回到地輪上，部分則落到我們的地球上。

瑟德在臨死前的預言後來應驗了。他說：那片晚霞象徵著他所信仰的道理。只要宇宙間有美、有仁慈、有愛，他的晚霞就會永遠掛在西天上。子孫們在軟弱無助時，就會知道：在這個世界上，他們並不孤單。瑟德是象徵意義上的耶穌，有救世主的寓意；瑟德的行為印證耶穌的行為，故事的象徵意義即為耶穌的犧牲，他是替罪羊，以寶血洗淨人的原罪。

至於文中的顏色意義則可分兩種。《聖經》中的黃色即歡慶和喜樂；紅色即象徵寶血和贖罪；藍色即天堂和神的恩典。「晚霞」的絢爛色彩象徵比較廣泛：黃色即奉獻、能量；紅色即犧牲、勇氣；藍色即無私、信仰；灰色即為灰暗、漠視。

造獅者

印度 — 印度寓言
Panchatantra

某個城鎮裡，住了四個感情很好的婆羅門。其中三人的學識造詣已經登峰造極，但缺少常識，另一個人卻覺得學識相當令人厭惡，他只有常識。

有一天，四個人見面商量。「如果我們不出外旅行，去贏得國王們的恩寵，得到財富的話，那學識有什麼用處？不管我們想做什麼，先去旅行吧！」他們說。

但四個人走了一小段路後，其中最年長的卻說：「我們當中的一個，也就是第四個，是個蠢蛋，一無所有，只有常識，沒有一個只有常識而沒有學識的人，能夠贏得國王關愛的眼神。因此，我們不必跟他分享我們賺取的名聲和財富。叫他轉身回家吧。」

第二個接著說：「我聰明的朋友，你欠缺學識，請你回家吧。」但第三人卻說：「不行，不行。這樣做不對，因為我們從小就玩在一起。我高貴的朋友，一起走吧。你會擁有一份我們賺到的錢。」

最後，大家都同意第三個婆羅門的話，繼續往前走。他們在一座森林裡發現一隻死獅子的骨頭，其中的一位立刻就說：「這是一個考驗我們學識是否成熟的好機會。這兒躺著某個死去的生物，我們利用正直贏得的學識來讓牠復活。」

第一個婆羅門說：「我懂得如何組合骨架。」第二個說：「我可以提供皮膚、肌肉和血液。」第三個說：「我可以給牠生命。」

因此，第一個人組合了骨架，第二個人提供了皮膚、肌肉和血液。當第三個人正專注著要給予牠生命氣息時，有常識的人勸他不要這麼做，他說：「這是隻獅子，如果你讓牠活過來，牠會吃掉我們每個人。」

「你真傻！」另一個人說，「我才不會把學識貶低成一無所有。」

「若你真要那樣做的話，」第四個人說，「等一下，讓我先爬到附近的那棵樹上吧。」

等他爬上樹，獅子復活了，一站起來，便殺害了在場的三個婆羅門。但具備常識的這一位，在獅子離開到其他的地方後，便從樹上爬下來回家。

印度寓言
（Panchatantra）

本文是Panchatantra第五部分中的一則寓言故事。這是一本印度梵文詩體和散文體的動物寓言選集，最早是以口耳相傳的方式流傳，時間約於西元前三世紀，成冊於西元前二世紀。文本以詩歌、小說或散文的形式寫成各式各樣有關動植物以及人的故事，同時也是一系列相互交織且豐富多彩的寓言，其中故事的流傳，讓後人對某些動物有了刻板印象。它是最常被翻譯成其他語文的印度文學作品。這些故事流行於民間，廣為人知。

文學大師領讀

表面上看來，這篇寓言似乎要告訴我們，常識遠比知識重要。但實際上，常識的累積還是得仰賴各種知識的吸收與積墊。有些人的言行，習慣上喜愛深藏不露，不愛炫耀，就像文中的第四個婆羅門。雖然第一位和第二位要他離開，但由於第三位的力爭，讓他得以留下來，但他並沒有說出任何埋怨的話，可見他的修養不同於其他三位。

我們也可以從另一個角度來說明。故事顯然在告訴我們，準備拋棄朋友的兩個婆羅門認為自己的IQ較高，學識較佳。另一個不贊成的婆羅門也是自視較高，但他顧及友情。當三位學識高的婆羅門其中一位準備賦予獅子生命的最後階段時，原本被認為學識較差的那一位，說出他們想法的危險處，並爬樹自尋生路，終於沒被獅子咬死。

整篇故事告訴我們，只有學識但欠缺EQ，是不足以成就大事的。它同時給我們一個重要的道德教訓：不要因為一個人的知識和能力而評判一個人。我們不知道周圍每個人的能力，這就是為什麼我們應該傾聽每個人的意見，並且應該首先考慮自己正在做出的決定。

感性、智慧和友誼是這故事的主題，它同時令人想起英國評論家約翰．拉斯金（John Ruskin）的名言：「我們的聯想，或我們所知道的或我們所相信的，最終會產生一點後果。唯一的結果是我們做了什麼。」這意味著它的主題在文末給讀者上的一堂道德課。

狼

法國 居伊・德・莫泊桑

Guy de Maupassant

這個故事，是在德拉韋爾男爵家中舉辦的聖于貝爾節晚宴結束之後，年邁的達維爾侯爵告訴我們的。

那天，我們捕殺了一頭雄鹿。侯爵是賓客中唯一沒有參加狩獵活動的人，他從不打獵。

在漫長的用餐時間裡，我們談論的話題絕大部分都圍繞在屠殺動物這件事。女士們對於血淋淋的誇大情節顯得興味十足，說書人模仿那些攻擊的動作，重現人獸戰鬥時的場景，高舉著他們的雙臂，用鏗鏘有力的聲音描繪著傳奇故事。

達維爾侯爵是箇中好手，他的敘事風格詞藻豐富、語氣慷慨激昂，營造氣氛的效果奇佳。他一定常常講這個故事，因為他一開口，那些情節便滔滔不絕的流洩而出，精心挑選的話語讓他的描述更加生動。

各位先生，我是從不打獵的，我的父親也是，我的祖父也是，我的曾祖父也一樣。曾祖父的父親是家族裡最後一位獵人，他的成績比你們所有人加起來的都要多，他死於一七六四年。現在我就要來說說他的死亡故事。

他的名字叫做尚，已婚，生下的兒子就是我的曾祖父。他和弟弟，馮索瓦．達維爾，一起住在我們位於洛林地區森林深處的家族城堡裡。

馮索瓦．達維爾把一生所有的愛給了狩獵，終身未娶。

他們倆一年到頭都在打獵，不曾停歇也似乎從不覺得累。他們只愛打獵，其他的什麼都不懂，心心念念的都是打獵，彷彿只為它而活。

他們打從心底有一股無法抑制、氣勢驚人的熱情。這股熱情耗盡他們的所有，澈底占據了他們的人生，絲毫不留餘地給其他的思緒。

他們立下規矩，不論發生任何狀況，都不能打斷他們的獵捕行動。我的曾祖父出生的時候，他的父親正在追捕一隻狐狸，尚．達維爾不但沒有停下來，反而大叫：「哼！這小鬼應該要等到這一場結束──駕！」

他的弟弟更是沉迷其中無法自拔。每天眼睛一睜開，他就去檢查他的獵犬，接著檢查馬匹，然後開始射擊城堡附近的鳥類，直到可以出發獵捕大型的獵物為止。

在鄉下地方，他們被尊稱為侯爵大爺和侯爵二爺。那時候的貴族跟當今的廉價貴族截然不同，那些傢伙希望建立一種貴族頭銜世襲的制度；其實，侯爵的兒子不必然會是伯爵，子爵的後代也不一定是男爵，就像將軍的兒子不會一出生就是上校一樣。只是啊，眼下的權貴認為這樣的安排有利可圖。

我的祖先們身形異常高大、肩寬毛濃、孔武有力，而且精力充沛。弟弟甚至比哥哥更魁梧，有一段傳說是這麼講的，他用如洪鐘般的聲音一喊，森林中所有的樹葉都會為之撼動。

當他們倆跨上馬出發打獵，那畫面彷彿兩個巨人騎著高頭大馬奔馳，光想像就覺得一定相當驚人。

時間拉回一七六四年，時值隆冬，嚴寒霜雪籠罩大地，狼群也變得格外凶殘。牠們甚至攻擊晚歸的農民，在房屋外盤桓，太陽一下山，嗥叫聲不絕於耳，直至天明，就連養在畜欄裡的動物也無法倖免。

很快的，流言開始不脛而走。人們口裡談論著灰毛的龐然大物，幾近雪白的牠已經吃掉兩個小孩，還咬掉一名婦人的手臂，弄死了這附近所有的看門狗，誇張的是，牠居然還大膽的闖進農戶的庭院裡。屋裡的人們堅稱他們感覺到牠的氣息，屋子的火光還因此晃動。用不了多久，整個地區就開始陷入恐慌。入夜之後，沒有人敢在戶外遊走，整個黑夜都成了那頭猛獸的陰影。

達維爾兄弟倆決定把牠找出來收拾掉，他們號召了所有的地方貴族發動大規模獵捕，一連進行了好幾回。

他們挺進樹林深處，適合藏身的隱蔽叢林也不放過，但是都無功而返；他們連見都沒有見過牠。他們的確殺掉了幾隻野狼，但都不是那一隻。而且，奇怪的是，每次獵捕行動結束，那頭野獸就會在遙遠的另一頭攻擊旅人，或者是弄死某戶的牲畜，就像是在報復他們。

後來，有一天夜裡，牠竟潛入達維爾城堡裡的豬舍，吃掉了兩頭最肥的豬。

兄弟倆氣炸了，認定這次的惡行是公然的侮辱，一個挑釁的訊號。他們立刻帶上最強壯的、擅長追捕危險獸類的獵犬，展開獵捕行動，心中滿是怒火。

他們搜索了整座森林，從黎明時分一直到紫紅太陽落到光禿禿的大樹後，但始終一無所獲。

最後，他們只得打道回府，滿懷惱怒憤恨，當他們騎著馬走在兩側長滿荊棘的小徑上，一股莫名的憂慮突然湧現心中，他們以過人狩獵本領所建立的獵人形象，可能會因為這頭野狼毀於一旦。

哥哥說：

「這頭狼很不一樣，甚至可以說，牠像人類一樣會思考。」

弟弟回應：

「還是我們應該找那位主教堂兄，幫忙賜福一下我們的彈藥？或是，請神父唸一些禱告詞？」

話說完，兩人又沉默下來。

尚接著說：

「你看，太陽那麼紅，那頭巨狼今晚一定會出來作怪。」

話還沒說完，他的坐騎突然直立了起來，馮索瓦的馬也開始踢腿。一大片枯葉覆蓋的灌木叢居然在他們面前分開來，一頭全身幾近灰白的龐然大物猛然竄出，穿過樹林狂奔而去。

兩人驚喜低吼，俯身於他們的壯馬頸上，以全身的衝勁鞭策馬匹衝刺，用聲音、手勢、馬刺鼓動催促馬匹向前奔馳，速度之快，讓人以為這些經驗老道的騎士其實是將壯碩的動物夾在雙腿之間，帶著牠們飛行前進。

他們一路狂追，衝過樹叢，躍過河床，爬上山坡，奔下峽谷，用盡全力吹響號角，召集他們的人馬以及獵犬。

接著，在這瘋狂的高速追逐中，我的高祖父突然撞到了一根粗壯的樹枝，頓時腦殼迸裂，跌落地面，當場死亡，他那嚇壞的坐騎立刻拋下他，消失在籠罩森林的暗影中。

達維爾二爺立刻勒馬停下，跳到地面，把哥哥抱進懷裡，目睹他的腦漿從裂口溢出，鮮血汩汩湧現。

他在屍首旁坐下，將那破損而血淋淋的頭顱安放在膝蓋上，凝神盯著兄長動也不動的面容，時間靜靜流逝。一點一點的，一股恐懼感完全攫住他，一股他完全陌生的恐懼感，那是對黑暗的恐懼、對落單的恐懼、對這座荒野樹林的恐懼，還有對那頭怪異野狼的恐懼，牠擺明是殺掉哥哥來報復他們倆。

天色更暗了，刺骨的嚴寒凍得樹木劈啪作響。馮索瓦站起身，瑟瑟發抖，他覺得自己站不住腳，堅持不了多久了。周圍一片死寂，沒有獵犬的聲音，也沒有號角的聲音，直至隱沒不可見的地平線，什麼聲音也沒有；這種陰冷悲淒的寒夜，既詭異又駭人。

他的一雙大手將尚龐大的身軀抬了起來，放在馬鞍上整頓好，打算帶他回城堡。他一路步履緩慢，心思混亂不清，可怕又令人毛骨悚然的幻象不停湧現。

突然，在夜色籠罩的小徑上，一團巨大的形體一閃而過。是那頭野獸！獵人心驚膽戰，像是有滴冷水滑過後背似的背脊發涼，接著，他慌張的在胸前畫出一個大大的十字架，像是被魔鬼糾纏的道士一般，因為這頭可怕惡棍的回馬槍，令他有些手足無措。但是，當他的目光再度落到身前那具沒有生命的軀體上，他的恐懼頓時被憤怒取代，憤怒的狂潮令他渾身顫抖。

於是，他抬起馬刺戳馬，朝著野狼衝過去。

他追著牠衝過灌木林，橫越溝壑及喬木群，甚至穿過他不曾見過的森林，他的雙眼緊緊盯著前方夜色中飛竄的白點。

他的馬似乎也被一股前所未見的動能和力量激勵著。牠昂首向前衝，橫放在馬鞍上的亡者頭顱和雙腳不時撞到樹木、岩石。荊棘扯斷了他的頭髮，他的額頭撞擊到大樹幹，鮮血噴濺，馬刺也扯下片片粗糙的樹皮。突然，正當明月高懸在山峰的上方，這頭野獸以及騎士衝出森林，來到一處山谷地。這個多石的山谷四周被巨石團團圍住，沒有出路。

馮索瓦興奮的發出開心的吼叫，響雷般的回音迴盪在山谷中，接著，他跳下馬，手裡握著他的彎刀。

這頭野獸豎起全身灰毛，高拱起背脊備戰，牠的雙眼有如兩顆星芒炯炯發光。但是，在開戰之前，這位壯碩的獵人抓起他的兄長，讓他坐在一顆岩石上，並放了幾顆石頭撐住他已經血肉模糊的頭顱，然後，他用像是對聾子說話的音量在哥哥耳邊吼出：「你看，尚，你好好看著！」

說罷，他撲向那頭猛獸攻擊。他覺得自己力氣大得足以推倒高山，能夠捏碎手中的石頭。這頭野獸張口想咬，企圖咬穿他的腹部；但是，他一把抓住這頭猛獸的脖子，甚至沒用上他的武器，他緩慢的將牠勒斃，聽著牠喉嚨中的呼吸聲，以及心臟的跳動聲逐漸停止。他狂喜大笑，可怕的雙手越掐越緊，發瘋似的對著哥哥開心大叫：「你看，尚，快看！」最後，所有的掙扎都沒了，野狼的身子癱軟下來。牠死了。

馮索瓦一把提起這頭狼，把牠帶到哥哥的腳邊，柔聲不斷重複著：「喏，喏，喏，我親愛的尚，就是牠！」

隨後，他將兩具屍體都放在馬鞍上，一具疊著另一具，動身離開。

他回到城堡，又哭又笑，就像卡爾岡都面對龐塔古埃的出生一般，談論野獸的死亡時，他勝利歡呼，喜不自禁；但是提到哥哥的喪命，他又哀痛不已，不斷扯著鬍子。

後來，當他再說起當天的經歷，他常常雙眼含淚的說：「要是可憐的尚能夠親眼看到我勒死那頭野獸，他會死得心滿意足的，我肯定。」

我高祖父的遺孀對狩獵的恐懼，影響了她那失去父親的兒子，這樣的反感由父傳子代代相傳，直到我這一代。

達維爾侯爵靜了下來。有人問道：

「這個故事只是個傳說，對嗎？」

然後，這位說書人回答：

「我發誓，這個故事從頭到尾都是真的。」

這時，有位婦人用細細柔柔的聲音說：

「不管怎麼說，能擁有這般的激情，是很好的。」

莫泊桑

（Guy de Maupassant, 1850~1893）

為十九世紀後半期法國優秀的批判現實主義作家，曾拜法國著名作家福樓拜為師。一生創作了六部長篇小說和三百五十多篇中短篇小說，三部遊記。他的文學成就以短篇小說最為突出，代表作有《項鍊》、《脂肪球》、《我的叔叔于勒》、《漂亮朋友》等，這些都是膾炙人口的名篇。與契訶夫和奧·亨利並列世界三大短篇小說巨匠，對後世產生極大影響，被譽為「短篇小說之王」。他擅長從平凡瑣碎的事物中截取富有典型意義的片斷，以小見大的概括出生活的真實。他的短篇小說構思別具匠心，情節變化多端，描寫生動細緻，刻劃人情世態維妙維肖，令人讀後回味無窮。

文學大師領讀

〈狼〉是莫泊桑探索恐懼概念的眾多故事之一。故事有趣，並且鼓勵讀者質疑侯爵講述的故事是否真實。

這是一篇介紹十八世紀法國中產階級「爵」字輩的生活實錄。他們仰賴祖先餘蔭，家有恆產，衣食無憂，才有心情享受打獵之樂，變成社會的特殊階級。時至今日，在上位者依舊可以隨意封爵或以金錢買賣，爵位光彩不再，但依舊有不少人對此頭銜十分嚮往。作者撰寫此文，是否略帶嘲諷意味，有待推敲。

篇名〈狼〉並非專指文中的那隻大白狼，兄弟的嗜殺性格同樣頗具狼性。文中的敘述者一再藉機宣揚他祖先當年的豐功偉績。他自己從不打獵，但他的敘述充滿詩意意象，用詞巧妙，自然而然的流淌成一個生動的故事，令人不禁懷疑故事的真實性。通常一篇故事重述多次，每次內容必定有所增減。既然是故事，聽聽就好，不需全盤接受。作者在文末藉文中那位婦女的柔言細語，幽幽的說出一句令人玩味的話，這位女士聲稱，無論這個故事是真是假，「有這樣的激情總是好的。」這句話恰好化解了侯爵的尷尬。「激情」二字儘管各有詮釋，但至少點出作者的部分原意。

在敘述方面，作者沒讓侯爵作為第一人稱敘述者，而是使用了框架敘述（意味著另一個敘述為主要敘述「搭建了舞臺」）。全文內容介紹了那個年代的一些風土民情，除了人與人的關係外，也有自然界和人類關係的內容可細談。

為愛啟程

人生在世，不論是哪個階段，永遠都需要不同程度的「愛」的滋潤。由於被各種的「愛」環繞著，深刻體認到自我認知、洞察、抉擇、頓悟等過程，人生也顯得更有意義，更懂得如何分辨善惡，讓自己的人生添加無數的不同色彩。

一個古老的小故事

印度｜泰戈爾
Rabindranath Tagore

我打算開始另一個故事——一個全新的故事。

我記得一個關於宇宙最古老、最快速的故事情節。一開始它可能不適合您們的口味，但肯定會吸引您們停留到這個短暫又迷人的事件結束。

從前，在一條巨大的河道沿岸有一片龐大的林地。啄木鳥和田鷸過去分居在不同的地方，前者住在森林裡，後者則住在附近的一條小溪。

一旦世界變得繁茂和多產，這些有羽毛的朋友們就可以吃飽喝足。世俗的恩惠會滿足牠們的胃口，讓牠們感到欣慰的是，牠們的鼎盛時期似乎永遠不會結束。

然而，有一天，牠們突然發現沒有任何蟎蟲、蚊子或其他害蟲。

河岸邊的鳥兒對樹枝上的鳥兒說：「我的兄弟，一開始好像特別蓬勃，是不是？綠色的小葉和柔軟的芙蓉花閃耀著生命的光芒！但現在時代似乎變了，我們這個小小的領域從來沒有像現在這樣貧瘠和死氣沉沉，一勞永逸的露出它醜陋的面貌。」

樹枝上的鳥回答河岸邊的鳥說：「我的兄弟，還記得它們如何向天空讚美我們曾經輝煌的棲息地，以及它為我們提供的一切嗎？就算是這樣，我也得說廢土是很無情的，自從它出現以來就一直如此。」

雙方都認為必須證明牠們的觀察是真實的。因此，牠們立即開始探索各自的領土，牠們都認為這是個人的財產。首先，如狙擊手一般的鸊潛入泥濘的大地深處，開始在它柔軟的胸膛內挖掘長長的戰壕，不顧一切的驗證牠對自己「私人財產」的信念；或者可以說，它的健康狀況不佳。同樣，森林另一端的啄木鳥不斷鑽入樹幹結實的表皮，它們裸露的骨架甚至會在下面展開一個空蕩蕩的肚子。牠們完全沉浸在共同的目標中，這些不同羽毛的破壞者都沒有注意到，等待牠們的是更大的考驗——成為鳴禽而不是沉默。因此，當春天來臨並接管了一個沉悶而令人不滿的冬天，取而代之的是各式各樣動植物或夜鶯歌頌共同的狂喜時刻，悲哀之鳥仍舊堅持己見，繼續追求著牠們想像中的解決方案。沉默的雀鳥就這樣追逐著一個既不存在也不肯定會消亡的陰影球體。

我可以繼續，但你們並非完全喜歡這個，是嗎？或許，這個故事畢竟不是那種很容易就令人欽佩的故事。但它最大的優點，你們想知道嗎？嗯，這個精緻成品準備保存在人類歷史的篇章中，如果你問我，這本身就是令人興奮的！

等一等，你甚至不相信這個故事是古老的，而且一直存在我們的血液中，是嗎？好吧，一個人經常發生健忘症並非完全不可能的，因為這樣人性化的歷史概念從遠古時代就一直在以舊換新，以新換舊。而且，從那時起已經過去了很多天。更不用說，忘恩負義的啄木鳥一直在履行牠的職責，以在地球的下表層啄出洞來對地球內部造成重大破壞；而無情的狙擊手鷸也可以享受入侵這古老星球及其神祕水道的隱私。確實，兩者都被困住了。兩者都以自己的方式迷失了。

拉賓德拉納特・泰戈爾

（Rabindranath Tagore, 1861~1941）

印度著名詩人、文學家、社會活動家、哲學家和印度民族主義者。一九一三年，他以《吉檀迦利》成為第一位獲得諾貝爾文學獎的亞洲人。他的詩中含有深刻的宗教和哲學見解，泰戈爾的詩在印度享有史詩的地位，代表作有《吉檀迦利》、《飛鳥集》、《眼中沙》、《四個人》、《家庭與世界》、《園丁集》、《新月集》、《最後的詩篇》、《戈拉》、《文明的危機》等。並且創作了印度國歌《人民的意志》。

文學大師領讀

本文作者泰戈爾採用類似說書的方法來書寫這一篇文字。為了提供一個完整的敘述，本文只摘錄其中部分的故事。故事說完後，作者順便以「天地人」的關係批評當前的某些社會現象，同時建構了「借古諷今」的應用方式。

細讀後，我們發現，整日嘮叨、抱怨不已的啄木鳥被作者歸類為忘恩負義的傢伙；喋喋不休的田鷚不停指責大地的豐盛富饒，真是不知感恩。牠們認為，大地應該無限供應牠們美好的食物。鳥兒如此模樣，「萬物之靈」的人類又何嘗不是？拚命濫墾亂挖又不知節制，將整個地球的資源提前濫採，使環境逐漸不適合人類居住，「不知感恩謝天」是地球上所有人類共有的毛病。

時至今日，我們應該知道人和天地的關係並不簡單，人可以破壞天地自然，也可以修補天地自然，如植樹造林，如禁止在魚類繁殖的時候捕魚，這些行為都是回報天地自然。

文中以兩隻鳥的心態來暗指批評時人，並以「這樣人性化的歷史概念從遠古時代就一直在以舊換新，以新換舊。」將「借古諷今」的意味充分展現出來，這或許就是作者想藉故事給予小讀者的啟發。

小鵪鶉

俄羅斯｜屠格涅夫｜Ivan Sergeevich Turgenev

我現在給你們講個故事，這是我親身經歷的，那時我才十歲。

那是個夏天，當時我跟父親住在南俄羅斯一個田莊裡，田莊周圍好幾里都是草原。附近沒有樹林也沒有河，只有一些不深的圳溝長滿灌木，像綠色的長蛇一樣在各處切斷平坦的草原。在這些圳溝底下潺潺流著溪水。有些地方，就在陡坡下面，可以看見一些清泉，泉水像眼淚一般晶瑩。一些腳踩出來的小徑通到清泉這裡，泉水邊溼漉漉的泥地上雜亂的印滿了小鳥和小動物的足跡。牠們和人類一樣，也需要清水。

我父親是個打獵迷。只要家務不忙，天氣又好，他就會拿起獵槍，背上獵袋，喚來他那隻叫寶貝兒的老獵犬，出發獵捕沙雞和鵪鶉去了。他看不起兔子，把牠們留給那些帶著快犬的獵人去打。我們這裡不大有別的鳥，只有秋天才會飛來一些山鷸，可是鵪鶉和沙雞很多，特別是沙雞。圳溝邊上常有一些土圍成的圈圈，這就是牠們掘的。老寶貝兒看到便會馬上踞地作勢，尾巴抖動，皺起額頭上的皮膚。我父親也臉色發白，小心翼翼的扣起扳機。父親常常帶我去，我可高興極了！我把褲腿塞進皮靴筒，肩膀上掛個水壺，就自以為是個獵人了。

我走得汗如雨下，小石子鑽進皮靴，可是我不覺得累，也沒有落在父親後面。每次槍聲一響，鳥一掉下來，我總是站在那裡跳個不停，甚至大叫——我太高興了！受傷的鳥有時在草上，有時在寶貝兒的牙縫裡掙扎拍著翅膀，流著血，可我總是興高采烈，一點也不覺得有什麼憐憫心。要是能親手開槍打死沙雞和鵪鶉，我還有什麼不答應的啊！可是父親對我說，不到十二歲就不給我槍，到時候給我的也只是單筒槍，而且只許打雲雀。這種雲雀在我們那裡可多了，大晴天裡，牠們常常幾十隻幾十隻的在明朗的天空中盤旋，越飛越高，發出銀鈴般的聲音。我望著這些未來的獵物，用背在肩膀上代替槍的木棍瞄準牠們。當牠們離地兩米多高，在突然落到草堆裡之前渾身顫動的時候，是很容易打中牠們的。有時候在田野上，在割過莊稼的農地裡，或者在綠茵裡會遠遠出現些野雁。我想，只要打死一隻這種大傢伙，以後不活也值得了！我把牠們指給父親看，可父親每次都對我說，野雁這種鳥極為小心謹慎，不讓人接近牠們。有一回他試圖偷偷走近一隻孤零零的野雁，以為牠中了槍，離群了。他吩咐寶貝兒跟著他走，讓我留在原來地方。他在槍上裝上特大砂彈，再一次回頭看看寶貝兒，甚至警告牠，低聲命令牠：「退後！退後！」他低低彎著腰，不是直接向著野雁走，卻是繞著走。寶貝兒雖然沒有壓低身子，可是走得也很奇怪：撒開了腿，夾緊尾巴，咬住一片嘴唇。我忍不住，幾乎要爬著去追父親和寶貝兒了。可是還沒到離野雁三百步的地方，野雁先是跑，然後拍拍翅膀，飛起來了。父親開了一槍，可是只能望著牠飛走……寶貝兒竄上前去，也望著；我也望著……我多生氣呀！牠只要再等一會兒就好了，特大砂彈一定能打中牠！

有一回，正好是彼得節前夕，我跟父親去打獵。那時沙雞還小，父親不想打牠們，就到黑麥田旁邊的小橡樹叢那裡，這種地方常常有鵪鶉。那裡草不好割，因此草好久沒動過了。花倒是很多，有箭筈豌豆、三葉草、吊鐘草、毋忘我花、石竹。我和妹妹或者女僕一起去那裡的時候，總是採上一大把。可是我跟父親去就不採花，因為我覺得這樣做有失獵人的身分。

忽然之間，寶貝兒踞地作勢，父親叫了一聲：「抓住牠！」就在寶貝兒的鼻子下面，一隻鵪鶉跳起來，飛走了。可是牠飛得很奇怪：翻著跟頭，轉來轉去，又落到地上，好像是受了傷，或者翅膀壞了。寶貝兒拚命去追牠……如果小鳥好好的飛，牠是不會這麼追的。父親甚至沒法開槍，他怕散彈會把狗打傷。我猛一看，寶貝兒加緊撲上去——一口咬住了！牠抓住了鵪鶉，叼回來交給父親。父親接過鵪鶉，把牠肚子朝天放在掌心上。我跳了起來。

「怎麼啦？」我說，「牠本來就受傷了嗎？」

「沒有，」父親回答我說，「牠本來沒受傷。一定是這附近有牠的一窩小鶺鴒，牠故意假裝受了傷，讓狗以為捉牠很容易。」

「牠為什麼這樣做呢？」我問。

「為了引狗離開牠那些小鶺鴒，引開以後牠就飛走了。但這一回牠沒考慮到，裝過了頭，於是被寶貝兒逮住了。」

「那牠原來不是受了傷的？」我再問一次。

「不是……可這回牠活不了啦……寶貝兒必定是用牙齒咬了牠。」

我靠近鶺鴒，牠在父親的掌心上一動不動，下垂著小腦袋，用一隻褐色小眼睛從旁邊看著我。我忽然極其可憐牠，我覺得牠在看著我並想：「為什麼我應該死呢？為什麼？我只是盡我的責任，盡力使我那些孩子得救，把狗引開，結果我卻完了！我真可憐啊！真可憐！這是不公平的！不公平！」

「爸爸！」我說，「也許牠不會死……」

我想摸摸鶺鴒的小腦袋，可是父親對我說：「不行了！你瞧，牠這就把腿伸直，全身哆嗦，閉上眼睛了。」

果然如此。牠眼睛一閉，我就大哭起來。

「你哭什麼？」父親笑著問。

「我可憐牠，」我說，「牠盡了自己的責任，可是我們把牠打死了！這是不公平的！」

「牠想耍滑頭，」父親回答說，「只是耍不過寶貝兒。」

「寶貝兒真壞！」我心裡想……這回我覺得父親也不好。「這哪是什麼耍滑頭？這是對孩子的愛，可不是耍滑頭！如果牠不得不假裝受傷來救孩子，寶貝兒就不該捉牠！」父親已經想把鶺鴒塞進獵袋，但我向他要過來，小心的放在兩個手掌中間，向牠吹氣……牠不會醒過來嗎？可是牠不動。

「沒用的，孩子，」父親說，「救不活牠。瞧，搖搖牠，頭都跟著晃蕩了。」

我輕輕把牠的嘴抬起來，可一放手，頭又垂下來了。

「你還在可憐牠？」父親問我。

「現在誰餵牠的孩子呢？」我反問。

父親定睛看看我。

「別擔心，」他說，「還有雄鵪鶉，牠們的爸爸，牠會餵牠們的。等一等，」他加上一句，「寶貝兒怎麼又踞地作勢了……這不是鵪鶉巢嗎？是鵪鶉巢！」真的！離寶貝兒的嘴兩步遠，在草上緊緊並排躺著四隻小鵪鶉。牠們你擠我我擠你，伸長了脖子，全都同時很急的喘氣……像是打著哆嗦！牠們的羽毛已經豐滿了，絨毛沒有了，只是尾巴還很短。

「爸爸，爸爸！」我拚命叫道，「把寶貝兒叫回來！牠會把牠們也咬死的！」

父親叫住了寶貝兒，走到一邊，坐在小樹叢底下吃早飯。但我留在鳥巢旁邊，不想吃早飯。我掏出一塊乾淨手帕，把雌鵪鶉放在上面。「沒有媽的孩子，看看吧，這是你們的媽！牠為了你們，犧牲了自己的生命！」幾隻小鶺鴒照舊抖動著全身，很急的喘氣。接著我走到父親身旁。

「這隻鶺鴒，你能送給我嗎？」我問他。

「好吧。可是你想拿牠幹什麼呢？」

「我想把牠給埋了！」

「埋了？」

「對，埋在牠的巢旁邊。把你的小刀給我，我要用它挖個小墳。」

父親很驚訝。

「讓那些小鶺鴒到牠的墳上去嗎？」他問。

「不，」我回答說，「可我……想這樣。牠將在自己的巢旁邊安眠！」

父親一句話也沒說。他掏出小刀給我，我馬上挖了個小坑，親親小鶺鴒的胸口，把牠放到小坑裡，撒上了土。接著我又用那把小刀截下兩根樹枝，削掉樹皮，十字交叉，用一根草紮住，插在墳上。我和父親很快就走遠了，但我忍不住一直回頭張望……十字架白晃晃的，直到很遠還能看見。

夜裡我做了個夢，夢見我在天上。這是什麼？在一小朵雲彩上坐著我那隻小鶺鴒，只是牠全身也是白晃晃的，像那個十字架！牠頭上有個小金冠，像是獎賞牠為自己的孩子殉難。

過了五天，我和父親又來到原來的地方，我根據發黃但沒有倒下的十字架找到了小墳。可是巢空了，幾隻小鶺鴒不見了。父親要我相信，是老頭子，小鶺鴒的父親，把牠們帶走了。等到幾步遠的矮樹叢下面飛出一隻老鶺鴒時，父親沒有開槍打牠……我想：「不對，爸爸是好的！」

可是奇怪，從那天起，我對打獵的興趣沒有了，我已經不去想父親將要送我槍的那一天。雖然我長大後也開始打獵，可始終成不了一個真正的獵人。後來又有一件事情使我拋棄了這玩意兒。

有一回，我和一個朋友去打烏雞。我們找到了一窩烏雞。雌烏雞飛出來，我們開槍打中了牠，可是牠沒倒下，帶著小烏雞一起繼續飛。我正想去追牠們，朋友對我說：

「還是在這兒坐會兒，把牠們叫過來……牠們馬上就會回來的。」

我的朋友吹口哨學烏雞叫吹得極好。我們坐了一會，他開始吹口哨。真的，先是有一隻小的應和，接著又是一隻，這時我們聽到雌烏雞咕咕叫，叫聲又溫柔，離得又近。我抬頭一看：牠正穿過亂草向我們過來，來得很急很急，整個胸部都是血！這就是說，慈母的心再也忍受不住了。這時我覺得自己是多麼的壞……我站起身子，拍起手來。雌烏雞馬上飛走了，小烏雞也不響了。朋友很生氣，他以為我瘋了，「你呀，把這場打獵全都毀了！」

可是從那天起，我對於打死什麼和使什麼流血感到越來越難受。

伊凡・謝爾蓋耶維奇・屠格涅夫

（Ivan Sergeevich Turgenev, 1818~1883）

十九世紀俄國批判現實主義小說家和劇作家。主要作品有長篇小說《羅亭》、《貴族之家》、《前夜》、《父與子》、《處女地》，中篇小說《阿霞》、《初戀》，短篇小說集《獵人日記》等。〈小鵪鶉〉這篇是屠格涅夫在巴黎應托爾斯泰之約為俄國兒童寫的。托爾斯泰把他和自己的一些兒童故事編成一個集子出版。第二年屠格涅夫就去世，因此這也是他在俄國發表的最後一篇作品。

文學大師領讀

如果要強行分類的話，這篇應屬於散文小說。它包含多層意思，寫到平等、愛心和同情的真義。

這是一篇充滿溫情、感染力極強的小說。文章一開始，作者便以十分洗鍊、精準的文字描繪了一幅草原風景圖，這樣的空間描寫說明這是一個很好的打獵場所，為下面的敘述做好了鋪陳。

緊接著，作者藉由對「我」總是歡歡喜喜的追隨父親打獵、以身為獵人為榮，看到獵物被打死，毫無憐憫心且強烈渴望親手打死獵物等情節的描述，生動刻劃了一個小「打獵迷」的形象。但「我」最後竟對打獵興趣全失，甚至「對於打死什麼和使什麼流血感到越來越難受」。這篇作品的張力就在於「我」的這種戲劇性轉變。

另一種衝擊則來自於鵪鶉與烏雞在危機時刻表現出來的捨生忘死的母愛，使「我」意識到動物也是具有情感的生靈，打死牠們或使牠們流血，是一件殘忍而令人不快的事情。這種態度的轉變是愛與智慧的勝利，也是悲憫情懷的勝利。作者嘗試用這樣的「親身經歷」，給小讀者埋下愛與悲憫的種子。

作品深具感染力，除了偉大母愛引起廣泛共鳴外，作者以不凡的敘述技巧表達了至少三次：先是故事中的「我」從父親口中得知母鵪鶉可能是為了救孩子們才被寶貝兒捉住時，「我」的同情心被激發出來；其次，母鵪鶉一死，「我」竟大哭起來。當父親的說法得到了證實，「我」不僅拚命護著小鵪鶉，而且難過得飯都不想吃，最後把母鵪鶉埋了，並為牠做了個十字架，晚上還夢到了牠；最後，當「我」看到烏雞不顧性命的往回走，「來得很急很急，整個胸部都是血，」不禁覺得自己是多麼的壞，並拍手為其示警。這三次，每一次都深具感染力，逐層推進更令人震撼。

此外，作者在一開始便說：「這是我親身經歷的。」這就是增強小說感染力的一種方法。因為這篇作品是為小讀者寫的，如果說是「親歷」，將更容易使他們接受文中所傳遞出來的思想與情感。

西雅圖酋長的演說

美國｜西雅圖酋長

Chief Seattle

一八五〇年間位於華盛頓特區的美國政府，想從疲憊戰敗的印第安人手中買下他們的土地，西雅圖酋長以母語回應。本文摘自目前最廣為流傳的版本，詞句自然流暢而優雅，表現出口述文化的傳統。內容表達了原住民對大自然的珍愛與敬重。在優美如詩的字裡行間，流露出原住民與土地之間有如家人般深厚的情感。

華盛頓的總統捎來信息，希望能買下我們的土地，
但我等如何能買賣天空？賣出土地？這種念頭太奇怪，
如果這清新空氣和乾淨飲水，非屬我們所有，
你們又怎能將它買下？
對我的族人來說，這兒的每一寸土地都很神聖，
每一根閃亮的松針，每一片沙灘，濃密森林中的每一片薄霧，
每一片草地，每一隻嗡嗡鳴叫的蟲兒，
在我族人的記憶與經驗中，都是聖潔的。
我們知道，樹幹流出的汁液，就像流在血管裡的血液，
我們是大地的一部分，而大地也是我們的一部分。
散播芬芳的花朵是我們的姐妹，
熊、鹿、大鷹都是我們的兄弟，

嶙峋的山峰、牧草的汁液、溫熱的小馬，還有人，
我們全都同屬一個大家族。
這溪河的晶瑩流水，不是普通的水，是我祖先的血。
若我族把土地賣給你們，你們必須謹記土地是神聖的，
清澈湖水中的朦朧倒影，敘說著我族種種生活回憶。
潺潺流水的呢喃，正是我先祖的低語。
河流，是我們的兄弟，為我們解渴。
河流乘載我族的獨木舟，也餵養我們的孩子。
所以你們要仁慈善待河流，就像你們會善待兄弟。
若我族把土地賣給你們，你們必須謹記空氣是珍貴的，
空氣與所有它維持的生命分享它的靈魂。
賜予我們祖父第一口氣的風，也接納他最後的嘆息。

而風也賜予我們孩子生命的聖靈。

若我族把土地賣給你們，

你們必須將它和你們原有的地分開並保持它的神聖，

讓大地成為人人都能夠品嘗風中草香與花香的地方。

教導你們的孩子，如同我族所教給孩子的：

大地是我們的母親。

凡降臨在大地的，也必降臨在大地的子女身上。

我們了解：土地不屬於個人所有，人才屬於土地。

所有生物都相繫相連，就像血緣將我們全部聯結；

並非人類在織造生命之網，人不過是其中一縷線。

人對這網做了什麼，他就對自己做了什麼。

有件事可以肯定：

我們的上帝是同一位上帝。祂是全人類的上帝，
對紅人與白人的慈愛毫無分別。
大地是祂所珍愛的，
傷害大地就是積累對造物者的輕蔑。
你們的命運，對我族來說是個謎，
當所有的野牛被屠殺，所有的野馬被馴服，
這世界將會變成什麼樣子？
當森林中的隱密角落都充塞著人味，
當果實纍纍的山丘都插滿電線桿，
這世界又會變成什麼樣子？
灌木在哪兒？不見了！
大鷹去哪兒？不見了！

如果生活中沒了飛奔的小馬與狩獵，
那將不再是生活，而只是求生存。
如果最後一個紅人男子的野性也消失了，
如果他對過去的記憶，只是一片雲飄過草原拋下的陰影，
那河岸和森林還會存在無恙嗎？
我的子民仍能保有他們祖先的精神嗎？
我們愛大地，就像嬰孩愛他母親的心跳。
所以，若我族把土地賣給你們，
請和我們一樣的愛它，一樣的看顧它。
要在心中常保對大地的記憶，
將大地的原貌保留給你的子子孫孫，
就像神愛護我們一樣的愛護這片大地。

我們是這土地的一部分，你們也是；
大地對我們是珍貴的，對你們也是，
我們確知：上帝只有一個，人類也只有一種。
不論白人或紅人都不應該被分別，
畢竟，我們都是兄弟。

西雅圖酋長

（Chief Seattle, 1786~1866）

父親是蘇闊密希族（Suqwamish）酋長，母親是杜彎密西族（Duwamish）酋長的女兒。因為母系傳承，所以西雅圖酋長被認為是杜彎密西族人。他是十八世紀末美國華盛頓州境內印第安部落的領袖，信奉天主教，樂於和白人移民共處，並與西雅圖的創立者之一戴維·斯溫森·梅納德建立了私人友誼。根據梅納德的建議，現在的華盛頓州西雅圖市便是以酋長作為命名。

文學大師領讀

在一八五〇年代發表的這篇〈西雅圖酋長的演說〉，為十九～二十世紀的重要文獻，至今已成為眾所公認描述維護生態的絕佳文字，即便到了環境保護意識大為抬頭的現代，仍值得年輕讀者一再傳頌。

這是印第安酋長西雅圖寫給美國政府的一封信，也是他留給全體人類最美麗、最發人深省的故事。西雅圖酋長的大地之愛，如永不墜落的繁星，在一百多年後的現在仍然熠熠生輝，繼續照亮世人。

全文以細膩的筆觸勾勒出人物山水和動物的寫實感，掌握了大自然多樣、繁複且和諧的美感。文中處處都是美麗動人的智慧之語，帶領我們擁抱自然，感受自然的美與力量。

藉由西雅圖酋長的心靈宣言，我們可以喚醒世人對於環保議題的關注，並珍惜地球有限的資源，尊重所有物種生存的權利。

據傳西雅圖酋長是在一八五四年以母語方言發表的公開談話，現場被當地跨族群的貿易員口譯。事隔多年後，白人記者亨利．史密斯才在一八八七年又據以翻譯成英文，發表在報紙上。之後又不斷被人重新詮釋和改寫，如今已難以考證原始版本內容，或分辨目前所流傳的各版本間的歧異真偽。有些人稱它是一封信，有些人稱它是一篇演說。唯一能肯定的是西雅圖酋長的確是西北印第安部落中一位備受後人敬重並倡導和平的領導者。

三個問題

俄羅斯｜托爾斯泰 Leo Tolstoy

一天，有位皇帝突然想到，如果他能知道做每件事情的最佳時機，知道該與誰交往、知道什麼事情最重要，那麼他做任何事就不會失敗了。於是，皇帝在全國張貼了榜文，宣告說：無論是誰能夠回答這三個問題，都會得到重賞。很多飽學之士馬上就動身去王宮見皇帝，但他們的答案各有不同。

關於第一個問題，有人建議皇帝事先制定一份時間表，規定好每個小時、每一天、每個月、每一年所應做的工作，然後嚴格的按照這份時間表去做事。只有這樣，皇帝才有希望在恰當的時間去完成每一件工作。另外有人回答說，提前計劃是不可能的，皇帝應該放棄一切無益的消遣，關心每一件正在進行中的事情，然後做最需要的事情。其他一些人則堅持說，皇帝一個人永遠不可能具備一切必須的先見之明和能力，以決定什麼時候該做哪一件工作，因此他真正需要的是建立一個智囊團，然後根據這個智囊團的建議行事。還有一些人說，有一些事情需要馬上決定，沒有時間等待磋商，但是，如果他想提前知道會發生什麼事情，他應該去請教術士和預言家。

對於第二個問題的回答也是莫衷一是。有人說，皇帝最需要的是智囊團；而另外一個人勸告說，要相信牧師；還有一些人建議要信賴醫生；更有些人希望他信任武士。

第三個問題的回答也同樣是五花八門。一些人說，科學是最重要的事；另一些人則堅持認為是軍事技術；還有一些人則宣稱最重要的事情是宗教。

皇帝對所有回答都不滿意，也沒有給予任何獎賞。

思考了幾個晚上之後，皇帝決定去拜訪一位住在山上的隱士，他以智慧聞名。儘管皇帝知道這位隱士從來不離開山上一步，而且大家都知道他只接待窮人，拒絕與有錢有勢的人發生任何瓜葛，但皇帝還是希望能找到這位隱士，好請教他這三個問題。於是，皇帝穿上平民服裝，在到達隱士住所之前下馬步行，命令他的侍從在山腳下等他，而他獨自一人登山去尋找那位隱士。

當皇帝到達時，隱士正在茅屋前的菜園裡挖地。隱士看見這個陌生人的時候，點點頭，以示招呼，然後繼續挖地。對他來說，這個工作顯然很吃力。他是一個瘦弱的老人，每次他把鏟子插進地裡翻土的時候，都會氣喘吁吁。

皇帝走近他，說：「睿智的隱士，我來這兒想請您幫忙回答三個問題：做每件事情的最佳時機是什麼？與你共事的最重要的人是誰？任何時候要做的最重要的事情是什麼？」

隱士仔細傾聽著，但是一句話也沒說，就繼續挖他的地去了。皇帝說：「您一定很累了。來，讓我助您一臂之力。」隱士謝過皇帝，把鏟子遞給他，然後坐到地上休息。挖了兩畦苗床後，皇帝停下來轉向隱士，重複了他的三個問題。隱士仍然沒有回答，而是站起來指著鏟子說：「你現在怎麼不休息一下呢？換我來挖。」但是皇帝繼續挖地。一個小時過去，兩個小時過去，最後太陽開始下山了，落到森林後面。皇帝將鏟子插入土裡，對隱士說：「睿智的人，我來這兒是為了問您是否能回答我的三個問題。但是如果您不能給我任何回答，請明白的告訴我，這樣我好上路回家。」

隱士抬起頭，問皇帝說：「好像有人往這兒跑來，看看是誰？」皇帝轉過頭，看見一個大鬍子男人從森林裡冒出來。他沒命的跑著，雙手捧肚，鮮血從手裡流出來。這個人向皇帝跑來，中途卻倒在地上，失去了知覺，只發出一陣微弱的呻吟聲。皇帝和隱士把這個人的衣服解開，發現他腹部有一個很大的傷口。皇帝幫那個人澈底清洗了傷口，然後把他自己的圍巾與隱士的毛巾當作繃帶，替他包紮，但是血仍然流不停。皇帝把繃帶漂洗乾淨，再次包紮傷口，並且持續這樣做，直到傷口不再流血。

最後，血止了，那個傷者恢復了知覺，要求喝水。皇帝拿水餵他。在此期間，太陽已經下山了，夜晚的空氣漸漸變得寒涼起來。隱士幫皇帝一起把那個男人抬到茅屋裡去，放到隱士的床上。那個男人閉著眼睛，靜靜的躺著。因為一整天又爬山又挖地，皇帝精疲力盡，他倚著門口就睡著了。當他醒來的時候，太陽已經升起在山頂上。他忘記自己身處何地，也忘記自己到這兒來是幹什麼。他向那張床望去，發現那個受傷的男人也正困惑的打量著他。他目不轉睛的盯著皇帝，然後用極其微弱的聲音說：「請原諒我！」

「我不認識你，也不知道要原諒你什麼？」皇帝問。

「您不認識我，陛下，但是我認識您。我是您不共戴天的仇敵，我曾經發誓要向您復仇。因為您殺死了我的兄弟，搶走了他的財富。當我得知您要獨自一個人上山來找這位隱士的時候，便決定在您回去的路上，出其不意的殺死您。但是，我在那兒等了很長時間，仍然不見您的蹤影，於是我就離開埋伏地點去找您。但是我沒有找到。當我遇到您的侍從的時候，他們認出我，把我砍傷。很幸運，我逃脫了，跑到這裡。如果我沒有遇見您，現在我肯定已經死去。我原本想殺您，可是您卻救了我的命！如果我活下來，我發誓餘生要做您忠實的僕人，而且我會命令我的兒子都這樣做。請原諒我吧！」

皇帝喜出望外，他沒有想到，這麼容易就與一位宿敵和好了。他不僅原諒了這個人，而且答應退還這個人所有的財富，他還派自己的醫生和僕人去伺候這個人，直到他完全康復。皇帝命令他的侍從們把這個人送回家之後，又回去看隱士。回宮以前，皇帝想最後一次重複他的三個問題。他發現隱士跪著，在他們前一天挖過的地裡播種。

皇帝走近他說：「睿智的人，我最後一次問你，請你回答我的問題。」

隱士依然屈膝蹲坐，抬頭看著皇帝：「但是你的問題已經得到解答了。」

「什麼？」皇帝迷惑不解的問。

「昨天，如果你沒有因為我年老而對我生起憐憫心，助我一臂之力，挖這些苗圃的話，你肯定會在回家的路上受到那個人的襲擊，你就會很後悔沒有與我待在一起。因此，最重要的時間是你在苗圃裡挖地的時間，最重要的人是我，最重要的事情是幫助我。後來，當那個受傷的人跑到這兒來的時候，最重要的時間是你幫他包紮傷口的時間，因為如果你沒有照顧他，他肯定會死的，你就失去了與他和解的機會。同樣的，他是最重要的人，而最重要的事情是照看他的傷口。記住，最重要的時間只有一個，那就是當下，當下是我們唯一能夠支配的時間。最重要的人總是當下與你在一起的人，就在你面前的那個人，因為誰知道你將來還會與其他什麼人發生關聯呢？最重要的事情則是幫你身邊的人做點好事，因為只有這個，才是人活著應該追求的目標。」

托爾斯泰

（Leo Tolstoy, 1828~1910）

最偉大的俄國小說家，幼年失母，童年喪父，但是出身貴族的優越條件使托爾斯泰不用承受生活的困境，接受良好的教育，精通法文、英文、德文，曾就讀喀山大學。參加過克里米亞戰爭，戰後漫遊歐洲。著有《戰爭與和平》、《安娜·卡列尼娜》等長篇小說，《人生論》、《藝術論》等論著，作品富有宗教精神及人道主義思想。他是文學家、哲學家、教育家、劇作家、評論家，是追求生命平等的鬥士，是眾多貴族眼中的異端，更是廣大窮困人民的心靈導師。

一般人總是認為，托爾斯泰是擅長書寫史詩型長河小說的高手，如《戰爭與和平》，人物集中在皇室與貴族的生命刻劃，作品的空間局限於宮廷與上流社會。但托翁是人道主義者，他的短篇和童話更展現出他對販夫走卒及農人的關懷。

文學大師領讀

這篇故事主要在講述某位皇帝想知道三個問題的最理想答案，他宣布：對於能回答這三個問題的人，將給予極大的獎勵。許多飽學之士都向皇帝獻言，但他們提出的答案沒有一個讓皇帝滿意，因為那些答案都在討好與奉承皇帝，帶有濃烈的功利色彩。皇帝不得已只好上山求助於無所求的隱士。

正在挖地的隱士不理會皇帝的詢問，皇帝只好幫忙，等候他想要的答案。最後皇帝救了那位想刺殺他的人後，終於獲得開示：最重要的時間就是當下；最重要的人就是當下與你在一起的人；最重要的事情則是幫你身邊的人做點好事。

深入探討後，不難發現皇帝在尋找六何中的三何：何人（who）、何時（when）和何事（what）。至於何地（where）、如何（how）、為何（why），雖然沒有直接點出，但都暗示在敘述中。全篇文字旨在展示人活著所要追求的目標。

在這篇短篇小說中，作者托爾斯泰以極為簡單的故事探討了智慧、接納、善良和寬恕的主題。由於他生活在帝俄時代，作品中難免帶有尋找明君的味道。

在另一本由本書選編者翻譯、適合小學四年級以下學生閱讀的繪本《尼可萊的三個問題》中，作者瓊・默德為了向托爾斯泰致敬，將書中三種動物的名字分別以名作家普希金、果戈裡和托翁的夫人命名，而故事中的智慧長者烏龜則是托翁本人。

我有一個夢

美國｜馬丁．路德．金恩｜

Martin Luther King, Jr.

一九六三年八月二十八日，逾二十萬美國人聚集於美國首都，為使全體人民同享公正，在林肯紀念堂和華盛頓紀念館之間的林蔭道上，以和平集會方式舉行示威。在當天激勵人心的演說中，馬丁．路德．金恩的演講尤其扣人心弦。他用高昂雄辯的言語將宗教修辭與人們耳熟能詳的愛國主義象徵熔為一爐，表達了一種對理想世界的預言和振奮人心的觀念。

一百年以前，一位偉大的美國人——我們就站在他象徵性的庇蔭下——簽署了《解放宣言》。這一重要的法令猶如燈塔，把輝煌的希望之光帶給千百萬飽受屈辱、處於水深火熱中的黑人。它就像令人興奮的黎明來臨，結束了奴隸被囚禁的漫漫長夜。

然而一百年後的今天，我們不得不面對這悲劇性的事實，即黑人仍未獲得自由。一百年後的今天，黑人的生命仍慘遭種族隔離桎梏和種族歧視枷鎖的束縛。一百年後的今天，黑人仍生活在被物質繁榮的汪洋大海包圍的貧窮孤島上。一百年後的今天，黑人仍蜷縮在美國社會的偏僻角落，覺得自己是國家裡的流放者。因此我們今天來到這裡，希望引起人們對這種駭人聽聞的情況的注意。

在某種意義上，我們來到我國首都是為了要兌現支票。當我們共和國的創建者們寫下憲法和《獨立宣言》時，他們也就簽署了一份支票，每個美國人都有它的繼承權。這支票是一種許諾，保證給予每一個人不可轉讓的生活、自由和追求幸福的權利。

顯而易見，今天美國在關於有色人種公民的問題上，已對這份支票違約。美國沒有承兌這一神聖的契約，而是給黑人一張空頭支票；該支票被寫上「存款不足」——退回。但是我們不相信正義的銀行已破產。我們不相信這個國家機會的金庫中已存款不足。所以我們來此兌現支票——這支票將按要求給予我們自由的財富和公正的保障。

我們來到這神聖的地點，也是為了提醒美國記住現在極端緊迫的任務。目前不是享受清靜或採取漸進主義鎮靜劑的時候。現在該實現對民主的許諾了；現在該從種族隔離的黑暗荒涼峽谷走上種族公平的金光大道了；現在該向上帝所有的孩子們打開機會的大門了；現在該把我國從種族歧視的流沙中救出，置於兄弟情誼的堅硬岩石之上了。

倘若這個國家忽視了此刻緊迫的形勢，低估了黑人的決心，那將造成致命的後果。如果自由平等的爽朗秋季不來臨，這個黑人憤怒不滿的悶熱夏季將不會過去。一九六三年不是終結，而是開端。倘若國家一如既往恢復原樣，那些以為黑人只是需要出出氣，現在可以滿意的人將會大失所望。如果黑人無法獲得他們的公民權，美國將沒有安寧和平靜。反抗的旋風將繼續動搖我們國家的基礎，直到公正的晴天出現。

但有件事我得告訴站在通向公正之宮溫暖入口的人民。在爭取我們合法地位的奮鬥過程中，我們不應做違法之事。我們切莫端起苦澀和仇恨的杯子，來滿足自己對自由的渴求。我們必須永遠在尊嚴紀律的高水準上展開鬥爭，絕不能讓我們創造的抗議，墮落成為暴力行動。我們必須一次又一次昇華到用精神力量對付武力的崇高境界。

黑人社區洋溢著嶄新的戰鬥精神，不應導致我們對一切白人都不信任，因為我們許多白人弟兄，正如他們今天的到場所證明的，已意識到他們的自由與我們的自由血肉相連，不可分割。我們不能獨自前進。

我們一旦起步，就必須發誓勇往直前，不能往回走。

若有人這樣問民權運動的忠實鬥士：「你們何時才能滿足？」

只要黑人仍是員警暴行難以形容的恐怖受害者，我們就絕不會滿足。

只要我們雖歷經旅途奔波渾身疲乏，仍無法在公路或城市中租用汽車旅館，我們就絕不會滿足。

只要黑人的基本遷移方式，只能從較小的黑人區遷到另一處較大的黑人區，我們就絕不會滿足。

只要密西西比州有一個黑人沒有投票權，只要紐約有一個黑人認為沒有什麼東西值得他去投票，我們就不會滿足。

是的，我們不滿足，而且我們將永不滿足，直到公正如洪水，正義如激流滾滾而來。

我無法不注意到，你們有些人是經歷了巨大的痛苦和磨難才來到這裡；你們有些人剛從狹窄的牢房出來；你們有些人來自某些地區，在那裡你們因爭取自由而慘遭迫害，被員警的暴行所摧殘。你們已是為創造而受苦的老戰士，繼續懷著這一信念工作吧，那並非由自己招來的苦難將被補償。

回密西西比去，回阿拉巴馬去，回南卡羅來納去，回喬治亞去，回路易斯安那去，回到我們北方城市的貧民窟和黑人區去，既然你們知道因某種原因形勢可能而且必將發生變化。我們且莫在絕望的山谷中打滾。

我今天對你們說，我的朋友們，儘管眼下困難重重，頗多挫折，我仍然有一個夢，它深深根植於美國夢之中。

我夢見總有一天這個國家將站起來，實現它的信條真理：「我們認為這些真理不言自明：人人生而平等。」

我夢見有一天在喬治亞的紅山上，原本是奴隸的兒子們將與主人的兒子們坐在同一張桌子旁共敘手足情。

我夢見有一天即使在密西西比州，遭受不公正和壓迫的酷熱煎熬沙漠，也將變成自由和公正的綠洲。

我夢見有一天自己的四個孩子將生活在一個國家，在那裡，人們對他們的評價不是根據膚色，而是根據品格。

我今天有一個夢。

我夢見有一天在阿拉巴馬州——其州長最近大談干預，鼓吹拒絕執行國會的法令——將大幅轉變，黑人兒童與白人兒童得以攜手並肩，親如手足。

我今天有一個夢。

我夢見有一天，每一條山谷都升高，每一座山頭都降低，地勢崎嶇的地方變得平坦，彎彎曲曲的地帶變得筆直，而上帝的光輝得以展現，讓所有人都看見。

這是我們的希望，我正是懷著此信念回到南方。懷著這信念，我們將能從絕望的大山中，開鑿出希望的石塊。懷著這信念，我們將能把國內的一片嘈雜吵鬧聲，變為一曲華麗的兄弟情誼交響樂。

懷著這信念，我們將能夠一起工作，一起祈禱，一起奮鬥，一起入獄，一起為自由挺身而出，因為我們知道有一天我們將會自由。

那會是這樣的一天，屆時上帝的所有孩子都能唱出新的意義：「你是我的祖國，美好的自由之邦，我要為你歌唱。父輩葬身之處，移民誇耀之土，讓我的自由之聲，響徹每個山崗。」

如果美國要成為一個偉大的國家，就必須將這個夢想變成現實。讓自由從新罕布夏的崇山峻嶺響起，讓自由從賓夕法尼亞高聳的阿勒格尼山響起；讓自由從科羅拉多白雪覆蓋的落磯山脈響起！讓自由從加利福尼亞逶迤的群山響起！不僅如此，還要讓自由從喬治亞的石山上響起！讓自由從田納西的盧考特山響起！讓自由從密西西比每座山頭和小丘響起；讓自由從每一處山腰響起。

當我們讓自由鳴響，讓自由從每一座村莊響起，從每一個州和每一個城市響起，我們就能使這一天更快來臨，那時上帝所有的孩子們，不論是黑人還是白人，猶太人還是非猶太人，新教徒還是天主教徒，都將手拉著手高唱一首古老的黑人聖歌歌詞：「終於自由了！終於自由了！感謝萬能的上帝，我們終於自由了！」

馬丁·路德·金恩

（Martin Luther King, Jr., 1929～1968）

是一位美國浸信會的牧師，也是美國民權運動中最重要的領袖人物，為所有人的公平權利而努力，他以非暴力抗議來對抗不公平的待遇而成名，對於終止種族隔離法令（禁止黑人進入特定地點像是餐廳、飯店與公立學校的法律）的努力從未停止，他同時也盡其所能的讓人們了解「人生而平等」的真諦。因為他的卓越功績，於一九六四年榮獲諾貝爾和平獎，同時也是獲此殊榮最年輕的得主。然而他在年僅三十九歲時，於田納西州曼斐斯遭到刺殺。他的生日現已被美國官方訂為國定紀念日，每年一月的第三個星期一為馬丁·路德·金恩紀念日，以紀念他對人權的貢獻。

文學大師領讀

在二十世紀六十年代，美國人逐漸了解到，南北戰爭雖致力於解放黑奴運動，卻沒有真正達到讓美國黑人成為平等公民的預期效果。直到十九世紀後期，美國黑人的公民權利仍受到各州地方政府歧視黑人法規和慣例的層層限制。在日常生活中，美國黑人仍常常被隔離開來，不能與白人上同一所學校，搭乘同一輛大眾交通工具，甚至不能同住在一個社區。黑人不能充分參與美國的社會生活，甚至在一百年後仍和奴隸一樣被剝削各種權利，其生活水準的改善程度與國家發展不成正比。因此美國黑人的人權平等在當下成為一個嚴重的社會問題。

黑人志願團體和教會，以及其他各階層關心此事的美國公民團體，同心協力掀起了一場爭取民權的運動。他們敦促國會通過強而有力的法律，要求清除美國社會種族隔離和種族歧視的殘餘勢力。

一九六三年八月二十八日在華盛頓林肯紀念堂舉行的「為工作的自由進軍」遊行是民權運動的重要里程碑。那天最激勵人心的，便是馬丁．路德．金恩牧師代表南方基督教領導會議所做的〈我有一個夢〉這場演講。一位新聞記者指出，金恩牧師的演講「充滿林肯和甘地精神的象徵和《聖經》的韻律」。他既義正嚴辭、鏗鏘有力又有節制；公開宣揚——這是其基本哲學的一部分——非暴力的改革途徑；並且侃侃陳述，雄辯有力。在後來的一九六〇和七〇年代，美國國會、總統和法院將金恩在演講中提到的各種法律障礙一一解除了。

人生風景

短篇小說的本質不在短，而在它有味道：品嘗味道需要時間，也許還需要智慧：短篇小說涉及了生活或人性當中最核心的內容，其真諦在去粗取精，去偽存真。從一開始就做減法，那些被減去的部分成了我們的日子，需要我們去「過」。

孩子的故事

英國｜狄更斯｜Charles Dickens

很多很多年以前，有個旅行者出發去旅行。這是一次不可思議的旅行，剛開始的時候，它似乎非常漫長，然而當旅程進行到一半時，又變得太短。

這位旅行者在一條相當黑暗的道路上走了一段時間，什麼也沒有遇到，直到最後他碰到一個漂亮的小男孩。因此他問這個孩子：「你在做什麼呢？」孩子說：

「我在玩耍，和我一起來玩耍吧！」

於是，他陪著那個男孩玩了一整天，他們非常高興。天空是那麼藍，太陽是那麼的明亮，水是那麼的晶瑩，樹葉是那麼的綠，花是那麼的可愛。他們聽到鳥兒在歌唱，看到很多漂亮的蝴蝶，所有的一切都是那麼美麗，天氣也非常宜人。下雨時，他們喜歡看雨滴落下，呼吸著清新的空氣；颳風時，聽風聲是件愉快的事，並且想像著風的話語。風從自己的家吹過來，或呼嘯或怒吼，他們好奇風的家在哪裡，追趕著前面的雲，吹彎了樹枝，在煙囪裡發出隆隆聲，震撼著房子，讓大海在憤怒中咆哮。但是，下雪時，卻是最美好的。他們最喜歡抬頭看著又厚又白的雪花快速落下，就像成千上萬隻白色的鳥在胸前落下。他們看到雪堆既平滑又深厚；他們聽到雪花安安靜靜的落在小徑和道路上。

他們有這世界上最好玩的玩具，還有最令人驚奇的圖畫書，都是關於彎刀、拖鞋和頭巾；矮子和巨人；精靈和神仙；藍鬍子和魔豆；財富、山洞和森林；華倫泰和奧森雙胞胎，一切都是新的、真實的。

但是，突然有一天，這位旅行者找不到那個孩子了。他一遍又一遍的呼喚著那個孩子，但是沒有一點回應。於是，他上路繼續走，走了一小段路，什麼都沒有遇到，直到最後他碰到一個英俊的少年。他問這個少年：「你在做什麼？」少年回答道：「我一直在學習，和我一起學習吧！」

他就和少年一起學習朱比特和朱諾、希臘人和羅馬人，以及一些我不知道的東西，學到的知識我都說不清楚；那個少年也說不清，因為不久他就把大部分知識給忘了。他們並不總是在學習，他們還玩一些從沒玩過的最有趣的遊戲。夏天他們在河裡划船，冬天在冰上溜冰。他們不停的奔跑、騎馬，他們打各種球；玩「捉人」遊戲、「撒紙追逐」遊戲、「跟我這樣做」遊戲；還有一些我無法想像的運動，沒有人能擊敗他們。他們也有假期與主顯節的蛋糕，以及跳舞跳到半夜的舞會。戲院裡，他們看到用金銀砌成的宮殿從真實的地面升起，以及世界上的所有奇觀。至於朋友，他們有這麼好、這麼多的朋友，以至於我得找時間去算一算。他們都很年輕，就像那個英俊少年，相互之間非常熟悉，毫不陌生。

然而有一天，在這些歡樂中，這位旅行者就像失去那位孩子一樣，再也找不到那個少年了。他在徒勞無益的呼喚之後，又開始了旅程。他走了一段路，什麼也沒有遇見，直到他碰到一位年輕人。他問那個年輕人：「你在做什麼啊？」年輕人答道：「我永遠在戀愛中，和我一起去愛吧！」

於是，這位旅行者和那個年輕人一起往前行，不久就碰到了他們見過最美麗的姑娘——就像角落裡的芬妮；她的眼睛、頭髮、酒窩都像芬妮，我跟她談話時，她歡笑和臉紅的模樣就像芬妮。於是，那個年輕人立刻墜入愛河，就像有的人第一次看到芬妮就愛上她一樣——正像我不想提到的某某人，他第一次來到這兒就愛上芬妮一樣。有時這個年輕人被取笑——就像某某人被取笑一樣；有時年輕人和芬妮爭吵——就像某某人過去與芬妮吵架一樣；後來他們又和好，坐在黑暗中，每天寫信，一旦分離就痛苦無比，他們總是在外面尋找對方，卻又假裝不是，耶誕節時他們訂婚了，在火堆旁緊緊靠在一起，很快他們就結婚了——這一切就像我不願提到的某某人與芬妮所經歷的一樣。

但是有一天，旅行者又找不到他們了，就像失去其他的朋友一樣，他一遍遍呼喚他們，卻從來沒有人回來。他又繼續自己的旅程。於是，他又走了一段路，什麼也沒有遇見，直到他碰到一個中年紳士。於是，他對那個中年紳士說：「你在做什麼啊？」對方回答說：「我一直很忙，和我一起忙吧！」

於是，他和那個中年紳士一同忙碌起來，他們整天都一起在樹林中穿梭。整個旅程就是穿越這座樹林，剛開始時樹木發芽變綠，就像一座春天的樹林；現在則像一座夏天的樹林，樹木變得濃鬱黝黑；一些最早長出的小樹都開始轉為棕褐色。這位中年人並非獨自一人，旁邊有個年紀相仿的婦人，那是他的妻子，他們身邊還有好幾個孩子。他們一起穿越樹林，砍伐樹木，從樹枝和落葉中開發出一條路來；他們肩負重擔，辛勤勞作。

有時，他們來到一條又長又綠，一直延伸到樹林深處的路上。接著，他們聽到一個輕微遙遠的聲音在哭泣：「爸爸，爸爸，我是你另外一個孩子，請停下來等等我。」然後，他們不久就看到一個非常小的身影，接著慢慢長大，跑向他們。當孩子來到跟前時，他們圍著他，親吻並歡迎他；然後他們一起上路。

有時，他們面前會同時出現好幾條路，他們就站著，靜止不動，一個孩子說：「爸爸，我將去當航海員。」另外一個孩子說：「爸爸，我要去印度。」另一個又說：「爸爸，我將前往我能去的地方，尋找自己的財富。」又一個說：「爸爸，我將去天堂！」所以，臨別時他們淚流滿面，接著孤零零的走向不同的道路；而那個去天堂的孩子升到金色雲彩中，消失了。

每當離別時，這位旅行者都會看著那位紳士，看到他抬起頭望著樹木上方的天空，那裡天色開始變得灰暗，太陽將要下山。他還看到，他的頭髮開始變灰白。但是，他們從不休息太久，因為他們還有行程要走，他們必須一直忙碌著。

最後，他們經歷了太多的離別，以至於身邊沒有留下任何孩子，只剩下旅行者、紳士和他的妻子相伴而行。樹林一會兒變黃，一會兒變棕褐色，森林裡的樹葉甚至開始落下。

接著，他們來到一條道路旁，它比其他的都暗。妻子停下來時，他們正忙著趕路，沒有低頭看。

「我親愛的丈夫，」妻子說：「我被召喚了。」

他們在傾聽，聽到道路遠處有個聲音在說：「媽媽，媽媽！」

這是第一個說「去天堂」的孩子的聲音，父親說：「我祈禱這時候還未到，我祈禱這時候還未到。」

但那個聲音還在哭喊：「媽媽，媽媽。」完全沒有理會他，儘管中年人的頭髮已經斑白，臉上還流下眼淚。

那位母親已經被拉進黑暗大道的陰影中，往前離去，雙臂仍然抱著丈夫的脖子，親吻他說道：「我最親愛的丈夫，我已經被召喚，我要走了。」接著她就離去。現在只剩下旅行者和他。

他們還是往前行，直到樹林的盡頭，近到可以透過樹林看到夕陽在他們面前閃耀著紅光。

然而再一次，旅行者闖入樹枝間時，他失去了他的朋友。他一遍一遍呼喚，但沒有回音；當他走出樹林時，看到寧靜的夕陽落山，他來到了一個坐在倒下樹木上的老人身邊。他問這位老人：「你在做什麼？」老人一臉平靜的微笑著：「我一直在回憶。來和我一起回憶往事吧！」

於是旅行者在老人身邊坐下，面對沉著寧靜的落日，他所有的朋友都悄悄回來了，站在他身邊。那漂亮的孩子、英俊的男孩、戀愛中的年輕人、父親、母親和孩子們，他們每個人都在，他什麼也沒有失去。他愛所有的人，很高興見到他們，他們也尊敬他，愛他。

我想，那位旅行者一定就是你——親愛的祖父，因為這一切就是你為我們做的，也是我們為你做的。

查爾斯．狄更斯

（Charles John Huffam Dickens, 1812~1870）

為英國維多利亞時期的著名小說家。他雖出身貧寒，幼時即歷盡滄桑，與嚴苛的現實搏鬥，卻能化艱苦為愛心，終其一生同情社會底層的人民生活，並致力於關懷兒童、改革獄政。他的作品平易近人、豐富多樣，創造了包羅萬象的社會百態。他常在作品裡將真正人道的理想和現實的黑暗相互對比，而在讀者心中留下道德和美的感覺，並以諷刺、幽默或感傷的情調塑造出生動鮮明的人物性格。其著名作品如《匹克威克外傳》、《雙城記》、《孤雛淚》……等等至今仍相當膾炙人口。一生共創作了十四部長篇小說，許多中、短篇小說和雜文、遊記、戲劇。

文學大師領讀

這是狄更斯討論人生旅程的淒美故事。

每個人都從孩提時代開始了人生之旅，這個令人難忘的人生轉折寓言是對我們所有人所經歷的旅程的永恆記述，從無憂無慮的童年和自發的青年，到成年和婚姻，再到我們的黃金歲月。

作者在回憶他已經死去的祖父，因為在故事的最後一句話中說：「我想，那位旅行者一定就是你——親愛的祖父，因為這一切就是你為我們做的，也是我們為你做的。」作者想對他的祖父說，我們愛你，記得你，就像你從天上記得和愛我一樣。這篇故事講述了一個人（老人）在他有生之年的生活故事，也是作者對祖父的紀念。

全文主題是對生活的洞察，因為旅行者經歷了一個孩子的完整生活。這是通過他經歷生命所有奇蹟（生命週期）的神奇旅程而發生的。也說明生命是短暫的，所以享受它的每一刻。一點沒錯，人生就是一場旅程。歲月遞嬗，快步向前衝，人生四季的喜怒哀樂盡在其中。

它觸及了大多數人生活所採取的步驟及主要思想，最有趣的是它提到了死亡的生活經歷。在最後，或者可能在之前，讀者就會發現兒童、男孩、年輕人和成人其實都是那位旅行者。它涉及了愛情、失去和工作等主題，這樣的文字可以向孩子揭示生活的現實及其運作方式。這是值得再三細讀的故事，閱讀狄更斯的作品永遠不會嫌多。

戰爭

義大利｜路伊吉・皮蘭德羅｜Luigi Pirandello

從羅馬出發搭乘夜間特快車的乘客，暫時停在法布里亞諾一個老舊的「地方」小站，要天亮之後才能轉乘蘇爾莫納的主線列車，繼續他們的行程。

天剛亮，二等車廂裡通風不良、煙霧瀰漫，五名乘客已經在這節車廂裡度過一夜。一名體型龐大、滿臉淚水的婦人，靠人扶持著跨上了車廂，像是一個奇形怪狀的包裹被提了進來。緊跟在她身後是喘著氣使力的先生，一名瘦小虛弱的男人，臉色慘白，小小的眼睛目光明亮，看起來害羞又不安。

終於就座後，他客氣的向伸出援手的乘客道謝，也向讓位給妻子的乘客致意。接著轉過身，替婦人整理大衣領，把它摺好，柔聲問道：

「你還好嗎，親愛的？」

這位妻子，選擇沉默以對，又把衣領拉高遮住雙眼，彷彿想要把臉藏起來。

「這個世界糟透了！」這位先生喃喃自語，臉上浮現哀傷的笑容。

接著，他覺得有義務跟車上的旅伴們解釋妻子的狀況，為她取得大家的諒解。其實是因為戰爭，把她唯一的兒子從她身邊奪走了，二十歲的小伙子，他們夫妻倆這輩子的心力都放在他身上，甚至在兒子就學時，他們變賣了蘇爾莫納的家產，舉家搬遷到羅馬。後來，兒子志願從軍，軍方保證六個月內絕不會派兒子到前線，他們也就答應了。怎知突然收到電報說，兒子三天之後就要動身離營，要他們趕過來送行。

罩在大衣下的婦人身子蠕動，不時發出野生動物般的咆哮聲，認為先生的說法根本不會引起那些人一丁點的同情，因為他們自己的狀況極有可能也好不到哪裡去。其中有位乘客，一直異常專注的聽著，開口說：

「你應該要感謝上帝，你兒子現在才要出發到前線。我的兒子在開戰第一天就被派到前線。他已經因傷被送回兩次，然後又被派回前線去了。」

「那我呢？我自己的兩個兒子還有三個姪子都在前線！」另一個乘客說。

「可是，我們夫妻倆就只有唯一一個兒子。」先生冒昧回應。

「那有差別嗎？你們過度的寵愛會害了孩子，再說，如果你們有其他的小孩，你們對他的愛是沒有辦法比其他小孩多的。所謂父母的愛，又不像麵包，還可以切割成好幾份，公平的分送給孩子們。為人父者，會把他所有的愛給予他每一個孩子，一點差別也沒有，不論是一個或是十個，如果我現在為我的兩個兒子傷神，我受的苦並不是一個兒子分一半，而是兩倍……」

「沒錯，沒錯……」那位先生尷尬的嘆氣，「可是，假如（當然我們都希望你永遠不會遇到這個狀況）有一位父親，兩個兒子都在前線，他失去了其中一個，至少還剩一個可以安慰他……就……」

「是，」對方回答，手畫十字，「剩下一個兒子可以安慰他，也就是說，剩下一個兒子成為他必須苟活的理由，而那位只有一個兒子的父親，如果兒子死了，他也能用死亡來結束他的喪子之痛。這兩種情況，哪一個比較悲慘？難道你看不出來我的狀況會比你糟嗎？」

「胡扯！」另一位乘客突然插嘴，這位肥壯的乘客，漲紅著臉，深灰的雙眸裡布滿血絲。他大口喘氣，一股自體內脫序的猛烈憤怒，彷彿就要從他外凸的眼球裡迸出，他虛弱的身子幾乎就要承受不住。

「胡扯，」他又說了一次，手摀著嘴想要擋住缺了的兩顆門牙，「胡說八道，難道我們生孩子是為了自己嗎？」

其他乘客都目不轉睛盯著他，難掩悲痛。那位兒子在開戰第一天就上前線的父親嘆息道：「你說得對。我們的孩子不屬於我們，他們屬於國家……」

「蠢話，」這位肥壯的旅人反駁，「我們在給予孩子生命的時候，我們心裡想的是國家嗎？我們的兒子之所以出生是因為……沒錯，是因為他們需要被生下來，當他們降生到這個世界上，他們帶著我們的生命，這就是真相。我們屬於他們，但是他們從不屬於我們。他們成長到二十歲的時候，他們就是當年二十歲的我們。我們也有父親、母親，也擁有許多其他的東西：女孩、香菸、幻想、新領帶……當然，還有國家，當我們二十歲的時候，即使父母親表示反對，我們依然都會回應國家的徵召。現在，我們到了這把年紀，對國家的愛依然熱烈，無庸置疑，只不過，與之相比，我們對孩子的愛卻是更加強大。在場的我們，如果可以代替兒子到前線去，會有任何一個人感到不開心嗎？」

沉默籠罩全場，每個人都點著頭同意。

「那麼，為什麼，」肥壯的旅人繼續說，「我們不能顧慮二十歲孩子們的感受呢？這個年紀的他們，一心一意愛著他們的國家，甚至超過他們對我們的愛，這不是很自然的事嗎？（當然，我說的是優秀的男孩們。）他們看待我們，就像看待身手不再靈活、只能待在家裡的老男孩，這不是當然的嗎？如果國家的存在就像是麵包一樣的生活必需品，我們非吃不可，不然就得餓死，這時候就一定要有人挺身而出捍衛它。於是，我們的兒子，在他們二十歲的時候，勇敢前行，他們不要我們哭哭啼啼的，因為，即使他們犧牲了生命，他們雖死猶榮（當然，我說的是那些優秀的男孩們。）再說了，如果一條年輕的性命能愉快的消逝，不需要經歷生活的黑暗面，不用經歷無趣、卑劣、幻滅的苦難，我們還能要求什麼？大家都不要再哭了，每個人都應該開口笑，像我一樣……不然，至少要心存感激，感謝上帝——就像我一樣——因為我的兒子，在臨死前，寄給我一封信，上面說，他死得其所，滿心歡喜，這樣的生命終結是他一直以來所盼望的。這就是為什麼，如你所見的，我甚至沒有掉一滴淚……」

「有道理，有道理……」其他人都認同。

蜷縮在角落，埋在大衣裡的那位婦人，坐起身聆聽著，過去這三個月裡，她努力從丈夫和朋友安慰她的話語中，試圖找到某些說法，足以將她從哀傷的深淵中解救出來；足以說服她，身為一個母親，該如何放手讓兒子前往那即使不是邁向死亡，卻也會冒著生命危險的地方。可是，在這些話語中她沒能找到任何一個有用的字眼，而她的悲痛卻與日俱增，因為舉目望去沒有人——她以為——可以體會她的心情。

但是現在，那位旅人所說的有如當頭棒喝，讓她驚醒過來。她突然意識到，有問題的並不是別人，並不是別人不能理解她，其實是她沒能將自己提升到這些父母的高度，這些父母親是心甘情願送走自己的兒子，沒有掉淚，即使是將兒子送往人生的終點。

她抬起頭，從她的角落彎著身，專注的傾聽那位肥壯旅人描述的細節。他對旅伴們描述，他的兒子是如何像個英雄般倒地，為了他的國王、他的國家，滿心歡喜毫無悔恨。對她而言，她似乎跌跌撞撞的走進了一個從沒想過的世界，一個迄今未知的世界，她是這麼開心聽到每個人同聲恭賀這位父親，當這位父親在談論自己兒子的死亡時，是這麼的泰然自若、堅忍勇敢。

突然間，她似乎大夢初醒，彷彿完全沒聽過剛剛的一番言論，她面對那位男士問道：

「那……你的兒子真的死了嗎？」

每個人都瞪著她。那名肥壯年邁的男子，也轉頭盯著她，用外凸、溢滿淚水的淡灰色眼眸，直直的盯著她的臉。有那麼一刻，他企圖想表達些什麼，但是一個字都說不出來。他對著她，看了又看，面對這個荒謬又唐突的問題，幾乎在這一瞬間，他才終於意識到，他的兒子真的死了……永遠沒了……永遠。他的臉龐扭曲糾結，慌慌張張從口袋抓出一條手帕，在眾人錯愕之下突然失控，撕心裂肺的號啕大哭了起來。

路伊吉・皮藍德羅

（Luigi Pirandello 1867~1936）

義大利劇作家、小說家，於一九三四年獲得諾貝爾文學獎。皮藍德羅出生在義大利西西里島的一個富裕家庭，曾就讀於巴勒莫大學和羅馬大學文學系，後赴德國波恩大學深造。一八九二年，皮藍德羅回國定居於羅馬。一八九七年到一九二二年，他在羅馬女子高等師範學校任教。一九二五年，他組織成立了「羅馬藝術劇團」，並且擔任藝術指導。

文學大師領讀

雖然故事中車廂裡的乘客們對於誰的悲痛更大有不同的看法，但他們都有強烈的愛國情懷，甚至沒有人建議他們的兒子不應該參加戰爭。對他們來說，感到悲傷是可以的，但消除原因是不可想像的。

文中的主述老人解釋了他們的悲傷，說父母對孩子的愛比對國家的愛更強烈，任何父母都願意取代兒子在前線的位置就證明了這一點。另一方面，年輕人則愛他們的國家勝過愛他們的父母。

他斷言，年輕人天生就將愛國情懷放在首位，樂於戰死沙場。他兩次指出他說的是優秀的男孩，很可能，他們都聽說過試圖推卸責任的年輕人，並且對這種想法感到厭惡——太不雅了，不能以溫柔代替。

老人還說他的兒子是為國王和國家而死的英雄，每個人都聽得津津有味，向他表示祝賀。

老人通過理智化兒子的死來避免處理他的悲傷。他聲稱，年輕人不希望他們的父母為他們哭泣，「因為即使他們犧牲了生命，他們雖死猶榮。」此外，他說年輕時死去會阻止他們的孩子經歷「生活的黑暗面」（比如不得不讓你的孩子去送死），所以每個人都應該停止哭泣；每個人都應該笑，就像他一樣……或者至少感謝上帝——就像他一樣。老人修改了他的說法，「每個人都應該笑。」這太過分了，即使對他來說也是如此。但至少，他們應該要感謝上帝，讓他們的孩子滿意而快樂的死去。

老人的演講顯然經過精心構建，並帶有一些熱情。顯然，他花了很多時間為兒子的死合理化，試圖讓自己相信它的正當性。他建立了一個以責任、犧牲和對國王和國家的愛為中心的論點——他的兒子是一個英雄。

但他所有的言詞都只是為了阻擋他的痛苦而豎起的一堵牆。他的嘴唇顫抖，眼睛溼潤；由此可見他已經知道他在對自己撒謊。具有諷刺意味的是，當另一個乘客的妻子醒悟過來，他正在失去鎮定。她被他理智而高尚的論點所吸引，她從迷霧中走出來，問他的兒子是不是真的死了？令人震驚的粗魯問題破壞了他脆弱的平衡，也暴露了他極度的痛苦。

這篇小說是對那些在戰爭中留下且受其影響之人的動人一瞥，而這些人正是大部分人口之中的普通人。

作者藉由老人的演說讓讀者一窺戰爭下父母對子女的愛，與對國家之愛的矛盾心情。

我的愛人被鋸成兩半

加拿大｜羅伯特・封登｜Robert Fontaine

有一年夏天，我大概十二歲或者十四歲時，離家出走。

我的家既可愛又涼爽。蜜蜂總是在我家花團錦簇的後院裡嗡嗡叫個不停；大帝王蝴蝶在花叢中飛來飛去；藤蔓上有紅番茄。一切都安排得井井有條，事事都可以預料得到。這就是我逃家的原因。

我的父母管教子女相當嚴格，他們認為我去參加夏令營；我那熱愛美酒的叔叔路易斯也認為我去參加夏令營，且所有的鄰居都是這麼想。

我出發前往夏令營，但中途下了火車，因為我看到人們正在布置一場嘉年華會。我原本打算只待到下一班往北的火車，卻又想起叔叔的忠告：「如果你沒看到這世界所有的一切，你就還沒為下個世界準備好。」

嘉年華會像童話世界般歡欣燦爛，像曲棍球賽那樣喧鬧、令人興奮，像生日宴會那樣多彩多姿。

我漫無目的的到處亂逛，聞一聞爆米花和蜜蘋果的味道、聽一聽招攬客人的吆喝聲、嚐一嚐楓糖的滋味，甚至坐在一架假飛機裡快速飛向天空。

下一班火車早已經走了，然後下一班再下一班，我依然睜大著眼睛，留戀不已，我陶醉在聲音和色彩中，我愛上了到處閒逛。

我的夏令營、我的家人、我的家、我的學校、我的生活怎麼會一下子完全從心中消失呢？現在取代了我生命中所有瑣碎又具體的這種華麗的東西又是什麼？它沒有名字，但它吟唱著，填滿了我的心、讓我陶醉。

除了永遠待在嘉年華會以外，再也沒有其他事是我更想做的。到頭來，這才是最適合我的地方，這兒豐富了我的夢想。我過去常在小小寧靜的房間裡告訴自己，家中的生活不該是那般模樣，生活應該更加有趣、更充滿驚奇、更多歡笑的刺激。而在環球大表演場這裡，生活就是如此。

我興奮的到處走動，看到了一切。最後我來到了催眠師海波面前。他將面孔塗成毫無生氣一般，像個怪人——全是白色，只除了面頰上有兩個紅點。

我很專注的看著他把一位女性鋸成兩半，就在我眼前把一位漂亮的女孩鋸成兩半。我嚇呆了！我從來沒看過這種事，也從來沒看過一個這麼勇敢美麗的女孩。她躺在那兒，頭從一個箱子伸出來，笑得既美又甜。她是我讀愛情故事時，一直幻想的那種女孩——金髮碧眼，還有燦爛的微笑，既勇敢又真實。

鋸子穿過她身體時，完全沒影響到她，仍然微笑著。接著，奇蹟出現！在幾分鐘後，她又恢復得完完整整。多麼可愛的魔法啊！

接近該離開的時候，夏令營不久就結束了，我必須回家。我已經寄信給好友，要他們轉寄給我爸媽，這些信我通常是從同一個夏令營寄出的。但我該回家的日子到了，最後不得不離開這片仙境。

在我走之前，想吻吻那位美女琳達，告訴她我愛她，因為她美麗又勇敢。當她快被鋸成兩半時，我試了好幾次想跟她說話，但催眠師總是把我推開。

我回到家，所有東西都沒變。還是那個涼爽的的世界，人們說起話來輕聲細語，番茄在藤上，巨大的蝴蝶在院子裡，蘋果在樹上已經成熟了。

「你沒有晒得很黑。」我媽媽說。

「我避開了太陽。」

我爸爸說：「好孩子，晒太多的太陽不好。」

後來，我那肚子裝滿了酒的路易斯叔叔說：「你一定一直在忙某一樁事。你離家時，兩眼間盡是烏雲，現在眼裡都是星星。你一定要找個時間告訴我。」

令人憂鬱的冬季過了一半時，有一天，我告訴了他。他跟我解釋：「啊！你知道現場其實有兩個女孩。一個只露出頭，她把身體摺疊起來。另一個只露出腳，她也摺疊起來。所以當表演者鋸開時，其實他的鋸子是在兩人之間鋸著。懂嗎？那全是把戲！」

我笑了笑，並且假裝相信他的話。他不了解，也許那時候他沒愛上任何人。

羅伯特・封登

（Robert Fontaine）

加拿大知名幽默作家，出生於加拿大，後定居於美國伊利諾州。《快樂時光》（The Happy Time）是他最暢銷的小說，在一九五二年改編成電影。

作者筆下常見幽默詼諧，以《好問題》（That’s a good question）為例：

第一題：當一個專職作家可以維持穩定的生活嗎？

答：我當了二十多年的專職作家，今年還在畫時事漫畫。據我了解，即使是海明威，他現在也還在捕魚。

第二題：要如何讓編輯不會因為我只有十三歲而拒絕出版我的書？

答：編輯會出版看起來會暢銷的書，即使是一條小獵犬寫的……尤其如果這本書真的是一條小獵犬寫的。

第三題：我還沒有寫出好作品，但是我手上有的是時間，我有可能寫出好作品嗎？

答：嗯……我手上有的是時間，而且也想要割掉你的盲腸，但我不認為我們其中一人會有機會。

文學大師領讀

這篇作品描述一個男孩藉由離家出走而成長的故事。家中一成不變的生活方式讓他受不了，他便趁著去夏令營的途中，開溜去參加嘉年華。

整篇使用召喚、啟程、歷險、歸返的模式，來呈現主角對新奇又危險的空間探索。主角認為，經由自己親身體驗的真實感，才能滿足與相信，而大人的經驗往往就是說教。

藉由見到心目中的美女愛人被鋸成兩半，主角發覺她除了美貌之外，還擁有自己想要的勇敢，冒險畢竟需要勇氣。

讀者可以想像，「我」完全缺少與異性互動的機會，因此，一見到等待著被鋸成兩半的美女時，立刻就將她錯認為心目中的愛人，也相信未來是美好的。但美夢總有醒的時候。

時間終於到了，他回到一切都沒有改變的家，這次的嘉年華冒險卻使他一下子成長不少。在有趣的父母對話中，可以推測他們應該常有觀念或看法上的差異。爸媽只看到了兒子的外表，但有智慧的長者叔叔卻看出主角神情上的改變。從叔叔的話中也說明了主角的這次出走，已經在他身上發生了化學變化。從這次出走到回家，他發現他的生命起了轉折，家不再是原來的美好模樣。一般人在冒險回到家後，一定覺得自己成長不少。而「我」想像中的愛人也只是幻想，最後重新思索一番，他便會發現不可能從想像中找到美好的愛人。

典型的成長小說，韻味十足。

螞蟻與蚱蜢

英國｜威廉·薩默塞特·毛姆｜

William Somerset Maugham

當我還是個小男孩時，大人總是讓我背誦拉封丹寫的一些寓言，並且仔細的為我講解每一篇寓言的寓意。在我背過的寓言中有一篇叫做〈螞蟻與蚱蜢〉。這故事的寫作目的是讓青年人更清楚了解，在我們這個不太完美的世界上，勤勉總是能得到獎賞，而遊手好閒才會受到懲罰。這誠然是個有益的教訓，這篇絕妙的寓言

（我很抱歉，我現在要講的，客氣一點兒說，是人盡皆知了，但實際情況卻並非如此），講的是螞蟻在夏季終日繁忙為冬天儲備食物，而蚱蜢卻在草葉上，朝著太陽悠然歌唱。冬天來了，螞蟻舒舒服服的，不愁沒食物吃，而蚱蜢的儲藏室卻是空空的。牠來到螞蟻身邊，乞討一點食物。螞蟻給予的回答就是那句經典性的話：

「你夏天去做什麼了？」

「恕我冒昧的說，我去唱歌了。我白天晚上都在唱。」

「你唱歌啦，好哇，那麼你就去跳舞吧。」

這樣的教訓，我從來不大信服。倒不是因為我性格偏頗，而是因為童年時代的邏輯推理能力不足，是非觀念模糊。我同情蚱蜢，有一段時間，只要見到螞蟻就把牠們一腳踩死。我這種任性的舉動目的在於表示我對謹小慎微和人情常理的不滿，後來我發現這種舉動倒是完全合情合理的。

有一天，我見到喬治·拉姆瑟獨自一人在飯館吃飯，這時我不禁又想起那篇寓言。我還從來沒見過哪個人像喬治那樣滿面愁容呢，他的雙眼直愣愣的望著遠處，好像全世界的重擔都落在他一人肩上。我真為他難過，立刻猜到又是他那位倒楣的弟弟給他惹麻煩了。我走到他面前，伸出手。

「你還好嗎？」我說。

「我心裡有點不痛快。」他回答說。

「又是因為湯姆？」

他嘆了口氣說：

「對了，又是他。」

「你怎麼還不跟他一刀兩斷？你為他費盡了最大的努力，現在你該知道他已經沒指望了。」

我想每個家都有一匹害群之馬，二十年來湯姆正是他們家的這匹馬。他剛開始步入社會生活時還滿不錯的——經商、結婚、有了兩個孩子。拉姆瑟家名望很高，人們都認為湯姆·拉姆瑟會做出一番有益而體面的事業。可是，有一天湯姆突然宣布他不喜歡工作，也不適於結婚，他想獨自一人逍遙自在。他不聽任何人的規勸，離開了妻子，離開了辦公室。他有一點錢，就在歐洲各國的首都度過了兩年愉快的生活。他的一舉一動不斷傳到親戚耳中，他們都非常震驚。湯姆當然玩得很盡興，然而大家不禁搖搖頭說，看他把錢花光了怎麼辦？他們不久就發現了——他舉債度日。他很迷人，而且肆無忌憚，我從來沒有見過誰比他更容易借到錢。他從朋友那裡得到固定的收入，並且很容易交到朋友。但他常說花錢買生活必需品沒什麼意思，想花錢找快樂那就得買奢侈品。

為了達到這個目的，他依靠哥哥喬治，在哥哥身上，他不用耍什麼手段。喬治為人一本正經，不吃他花言巧語那一套，有一兩次輕信了湯姆要改邪歸正的諾言，給了他一大筆錢，希望他能重新來過。湯姆用這些錢買了一輛車和一些非常精緻的珠寶。後來，實際情況叫喬治看出，他弟弟再也不會回到正道上，他就不再跟他來往。沒想到湯姆居然恬不知恥的開始勒索他哥哥。一名有身分地位的律師發現自己的弟弟在自己常去的飯店裡，站在酒吧櫃檯後面給客人調製雞尾酒，或者在自己的俱樂部外面，坐在計程車司機位置上等候顧客，總覺得十分不光彩。湯姆說在酒吧裡伺候人或開計程車完全是高尚的職業，但是如果為了家族的名望，喬治願意借給他幾百英鎊，他也可以放棄這種職業。喬治只好給了。

還有一次，湯姆險些進了監獄，喬治心裡非常困擾。他去了解這件醜事的詳情，湯姆確實做得太過分了些。他狂妄、輕率、自私，但他以前從沒做過不誠實的事，喬治認為這件事不合法，要是他被檢舉，肯定會被判刑的。然而怎能讓自己唯一的弟弟坐牢呢？受湯姆詐騙的人名叫克朗蕭，是一個有仇必報的人，他一定要把此事提交法庭，他說湯姆是個惡棍，應該受到懲罰。喬治費了好一番功夫，破費了五百英鎊才把事情擺平。沒想到湯姆和克朗蕭兩人一起把支票兌現，立刻同去賭城蒙特卡羅，快快樂樂玩了一個月。後來喬治聽說了，氣得要死。我從來沒見過他生這樣大的氣。

二十年來，湯姆賽馬、賭博、參加舞會，和最漂亮的女人鬼混，在最豪華的餐廳吃吃喝喝，穿著講究，看起來永遠整潔體面。他已經四十六歲了，但人們總以為他最多不過三十五歲。他為人極為風趣，雖然大家都知道他人品並不好，可是和他交往卻是一種樂趣。他興致勃勃，精神飽滿，魅力驚人。為了生存所需，他定期向我借錢，我從來不吝惜做出貢獻，每次借給他五十英鎊，總感到是我欠了他似的。湯姆·拉姆瑟認識所有的人，所有的人也都認識湯姆·拉姆瑟。沒人贊成他的所作所為，但又不得不喜歡他。

可憐的喬治僅比他這位遊手好閒的弟弟大一歲，看起來卻像個六十歲的老先生。二十五年來，他每年的假期從來不超過兩個星期。他每天早晨九點半就來到辦公室，直到下午六點以前從不離開。他正直、勤奮、值得信賴。他有個很好的妻子，他對她很忠實，連在想法上也從沒有過不忠的念頭。他有四個女兒，他對她們稱得上是最好的父親。他下決心攢下三分之一的收入，計劃在五十五歲退休，搬到鄉村的小房子去。在那裡他打算栽種花草，打打高爾夫球。他的一生清白。他很高興自己不年輕了，因為湯姆同樣也老了。他搓著手說：「湯姆年輕英俊的時候，一切都好辦。可是他只比我小一歲，再過四年他就五十歲了，到那時他日子就不好過啦。而我到五十歲時，就存下三萬英鎊了。二十五年來，我總說湯姆最後一定潦倒不堪。我們倒要看看他到時怎麼辦，看看到底是勤勞還是懶惰能得到善報？」

可憐的喬治，我同情他。現在我坐在他身旁，很想知道湯姆又做了什麼不名譽的事情。喬治顯然非常苦惱。

「你知道發生了什麼事嗎？」他問我。

我猜可能發生了最糟糕的事情，想知道湯姆最後是否還是落到了警察手中。喬治幾乎連話也不會說了。

「你不會否認我一生是勤勞、正派、可敬、正直的吧？我一生勤勉節儉，期望退休後能從儲蓄的一點金邊股票中得到微薄收入。我始終在上帝為我安排的生活環境中履行自己的職責。」

「沒錯。」

「你也不能否認湯姆是個懶惰、平庸、放蕩無恥的傢伙吧？如果還有一點正義存在，他就該進貧民收容所。」

「沒錯。」

喬治的臉漲得通紅，「幾個星期前，他和一個年齡夠得上做他母親的女人訂了婚。現在這個女人死了，把所有的一切都留給了他——五十萬英鎊、一艘快艇、一棟在倫敦的房子，另外一棟在鄉下。」

喬治．拉姆瑟握緊拳頭敲打著桌子。

「真不公平，我跟你說，真不公平，該死的，真不公平！」

我看了看喬治憤怒的面孔，忍不住放聲大笑。我坐在椅子上搖來搖去，幾乎跌在地板上。喬治永遠不會原諒我，可是湯姆卻經常請我到他坐落在「五月市」的豪宅去享用大餐。如果他偶爾找我借幾個錢，那僅是出於習慣，最多也不會超過一鎊金幣。

威廉・薩默塞特・毛姆

（William Somerset Maugham, 1874～1965）

英國小說家、戲劇家。他的短篇小說風格接近莫泊桑，結構嚴謹，起承轉落自然，語言簡潔，敘述娓娓動人。他竭力避免在作品中發表議論，而是通過巧妙的寫作手法處理，讓人物在情節展開過程中顯示其內在的性格。代表作有《人性枷鎖》、《剃刀邊緣》、《月亮和六便士》等。

文學大師領讀

這篇作品的主題極為廣泛，包括正義、信任、恐懼、道德、尷尬、幸福和掙扎。故事由一位匿名的敘述者以第一人稱敘述，讀完故事，讀者會意識到，作者可能正在探索正義。

故事中的喬治一生都認真工作，並留下一些錢供退休生活，不像他的弟弟湯姆。然而，喬治並未對此感到滿意，他無法相信湯姆繼承了五十萬英鎊。喬治覺得那像一件不公正的事，類似於螞蟻（喬治）與蚱蜢（湯姆）。就像蚱蜢沒有為冬天做準備一樣，湯姆也沒有為他的未來做任何準備，儘管他似乎仍然站穩了腳跟。敘述者對湯姆成功的反應也很有趣，因為這反映出他對螞蟻的感情，敘述者對湯姆的支持與喜歡讓讀者注意到他其實是偏愛蚱蜢而非螞蟻。

讀者也很清楚，喬治一生都在掙扎，但湯姆一點也不掙扎，反而不停的惹事生非；相較之下，喬治害怕尷尬，經常被迫出面救湯姆。喬治過著合乎道德準則的生活，而湯姆則過著魯莽放蕩的生活。值得注意的是，湯姆不在乎喬治的想法，他只關心自己的幸福。對於局外人來說，湯姆可能會被認為是不可信的。然而他迷人，人們樂意借錢給他，即使他們可能永遠也拿不回來。

在故事中可發現，湯姆生命中最看重的人都是他自己。他自私行事，不考慮他人。然而，儘管湯姆在道德上鬆懈，但他只是按照自己的意願過生活，這也是大多數人的願望。實際上，故事中也有幾次提到湯姆只是在玩弄喬治的恐懼。這可能也在向讀者暗示問題在於喬治而非湯姆，若能克服尷尬，他大可拒絕弟弟。

諷刺的是，故事中最快樂的無疑是湯姆。雖然湯姆對社會沒有重大貢獻，但他的結局卻是所有角色中最成功的。前提是，如果成功是以金錢價值來衡量——而這似乎也是喬治評價成功的方式。這點很重要，因為它表明這對兄弟有一個共同點：對金錢的熱愛。雖然金錢是生活中的必需品，但兩人也意識到它的影響力。喬治覺得他退休後可能被別人放在一個成功的基準上，因為他已經存了這麼多錢；而湯姆顯然更意識到了金錢的力量。他用錢，別人的錢，來得到他想要的生活。

痛苦的帳篷

美國｜史蒂芬・克蘭｜Stephen Crane

有一次，四個男子來到一座無路可走的森林裡的一處溼地釣魚。他們把帳篷搭在松樹下的岩石上，在這裡他們可以聽到從下面的樹木和湖泊處傳來的聲音。在散發著芳香的鐵杉樹枝上，他們的睡姿像是四個沒釣到魚的漁夫，因為掛在湖面上的烈日照得他們懶洋洋的，然後突如其來的雨水又讓他們渾身變得溼淋淋的。終於，他們吃掉了最後一點兒培根，吸著菸，用火把最後一張玉米餅烤得一塌糊塗。

此時，他們當中的一名小個子男子自願留守營地，讓其餘三人到距離最近的薩立文郡的農舍尋找補給品。聽到這個建議後，三人情緒低落的凝視著他。「這裡就只剩下你一個人了——不過，魔鬼會和你作伴。」他們向小個子男子辭別後，就消失在一處通往遙遠農舍的下山路上。

到了晚上，鐵杉樹上的花朵開始閉合時，那三個人還沒回來。小個子男子坐在陪伴他的營火旁，添加木柴使它繼續燃燒。他狠狠吸了一口菸斗，看著似乎正從營火中向他張牙舞爪的上千個影子。突然，他聽到有不明物體正在靠近——小樹枝劈啪作響，地上的枯葉發出沙沙聲。

小個子男子慢慢站起身來，他覺得全身都不對勁：他的衣服不合身了，嘴裡叼著的菸斗掉落下來，兩腿膝蓋因為恐懼而發抖、相互碰撞著。「啊！」他威脅般的喊了出來，回應他的是一聲咆哮，與此同時，火光中出現了一頭熊的身影。小個子男子用一棵樹撐住了自己的身體，同時注視著這位不速之客。

這頭熊顯然是個年齡不小的鬥士，因為牠黑色的皮毛已隨著年齡增長變成了黃褐色。牠的動作充滿自信，閃爍的小眼睛中散發著傲慢的氣息。牠翻開雙脣，露出潔白的牙齒。在火光的照射下，牠的嘴裡顯得更紅。小個子男子之前從未面對過如此可怕的場景，他已束手無策。「啊！」他咆哮道，熊將此解讀為鬥士間的挑戰，於是開始警惕的向小個子男子靠近。

隨著熊的靠近，小個子男子的雙腳像是突然穿上了一雙恐懼的靴子。他大喊了一聲，然後開始繞著營火跑了起來。「呵！」熊自言自語道，「原來這東西不會打架，只會跑。好吧，那就看看我能不能抓住他。」於是，熊也繞著營火跑了起來。小個子男子一邊尖叫，一邊瘋狂的奔跑。他們倆就這樣繞著營火跑了兩圈。

上天有時候會向正義之人伸出援手。熊並沒有追上小個子男子，他在絕望之際，飛身鑽進了帳篷裡。熊停下了腳步，用鼻子聞著帳篷的入口，聞到了帳篷裡有許多人的氣味。最後，牠走了進去。

這時，小個子男子正蹲伏在帳篷裡一個距離入口較遠的角落。熊一步一步的向帳篷裡逼近，全身血液沸騰，毛髮豎起，口水從下頷滴落。小個子男子大叫起來，然後笨拙的在帳篷裡四處亂跑。熊低吼著，跳起來抓住了這個獵物。小個子男子現在沒有了帳篷的掩護，感覺到一隻巨大的熊掌抓住了他的外套。他像一個被校園霸凌者抓住的學生一樣，扭動著身體，從外套中掙脫了出來。

熊發出勝利的吼叫，猛的把外套拉進帳篷深處，咬了兩口，然後猛壓下去，緊接著又是一個熊抱，才發現牠的獵物並不在這件外套裡。但隨後，牠並沒有變得很生氣，因為牠是狂歡中的熊，只是個流氓，並不是黑髮海盜。牠仰躺下來，用四個熊掌抓起外套，玩耍起來。此時，從一棵樹的樹梢傳來了一聲最令人膽寒的叫喊聲，這聲音來自於正躲在那裡的小個子男子。他緊緊抓住彎曲的樹枝，像個祈禱者一樣用呻吟的聲音唸叨著什麼。他眼裡含著淚水，凝視營火閃爍著最後的光芒，發出最後的劈啪聲。最後，帳篷裡發出一個能夠吞噬所有的咆哮聲，一種似乎會撼動山間寂靜的咆哮聲。小個子男子看到白色的帳篷抖動著砸落在地上，熊之前的歡樂玩耍弄斷了帳篷中央的柱子，帆布亂作一團，罩在了熊的頭上。

此時，小個子男子成了這一幕震撼場面的見證者——帳篷開始掙扎，然後邁開大步，跌跌撞撞去了湖泊的方向。帳篷裡傳來一陣不可思議又猛烈的撕扯聲以及巨大的呻吟聲。小個子男子開始歇斯底里的咯咯笑。

與此同時，那三個人正帶著包袱和籃子從山下走來，看到帳篷正向他們靠近。在他們看來，這東西就像一個呻吟著的白色幽靈。三人丟下了包袱，跑到一邊，每個人的眼神裡都充滿了恐懼。這個帆布幽靈從他們身邊一掃而過，他們靠在樹上，側耳傾聽，血液都快凝固了。在他們下面，帳篷撞到了一棵大松樹。三個人觀察了一會兒，然後跑到山頂。他們離開後，熊花了巨大的力氣才從帳篷裡脫身。牠極度痛苦的看著那團白色的東西，然後狂奔回森林。

這三個被嚇壞的男子跑到營火旁，小個子男子正平靜的坐在那裡吸著菸。他們立刻向他瘋狂審問了一番，他只沉思了一會兒，然後有些浮誇的長長吸了一口菸斗，開口說道：「這裡就只剩下我一個人——不過，魔鬼會和我作伴。」

史蒂芬·克蘭

（Stephen Crane, 1871~1990）

美國詩人、小說家和短篇小說作家。他英年早逝，短暫的一生卻留下不少現實主義、自然主義和印象派的佳作，頗具創新精神。一八九五年，他在沒有任何戰鬥經驗的情況下撰寫的南北內戰小說《紅色勇氣勳章》（The Red Badge of Courage，又譯作《鐵血雄獅》），贏得了國際讚譽。他常以恐懼、精神危機和社會孤立為題材創作，生動的力度、獨特的方言和諷刺為其創作特色。一八九七年，克蘭在前往古巴途中乘坐的船隻 SS Commodore 號在佛羅里達海岸沉沒，他和其他人在小艇中漂流了三十個小時，劫後餘生的他便以親身感受在短篇小說〈海上扁舟〉（The Open Boat）中描述了這種磨難。

文學大師領讀

克蘭的作品一向以生動的力度、獨特的方言和諷刺為特色，他作品中的共同主題為恐懼、精神危機和社會孤立。《紅色勇氣勳章》和〈海上扁舟〉把這三種主題發揮得淋漓盡致，本文也不例外。生動靈巧的語言是他作品的特點，整篇故事輕鬆愉悅，讀來趣味十足，全文栩栩如生的描繪了一群人中，總有一個機靈的幸運兒。他把人物描繪放置在強烈的情節中，令人物形象越發飽滿真實。他是講故事的好手，是優秀的小說家，更是人物塑造的能工巧匠。

文中的背景為墾荒年代，人和周遭的動物爭奪生存空間。當時的人們深信「物競天擇，適者生存」的叢林法則，同樣適用於文中的描述。人類可以製造毀滅性的武器，但文中的主角手無寸鐵，只好繞著帳篷四處奔跑。熊攻擊人，未嘗不是「此地為我所有」的地盤宣誓，並不全然為了解決食物問題。文中的主角也是為了「活下去」而努力，二者有了利益的衝突，當然誓不兩立。作者把熊如何追逐、主角又怎樣閃躲寫得栩栩如生，又十分逗趣，使讀者完全忘了那是一種生死關頭的描繪。

同時，讀者也不難看出，作者用這個故事來說明人的本性是自私和驕傲的。

意料之外

「意料之外的結局」其實並非所謂三大世界短篇小說之王奧．亨利、契訶夫和莫泊桑三人撰寫奇特故事的專利，一般傑出的名家使用起來，同樣得心應手。透過作者們用心編織情節，幾經轉折，驟然下降，超越讀者的猜測，讓人心服口服。

敞開的落地窗

英國—沙奇—Saki

「納特爾先生，我姑姑很快就會下樓來，」說話的是一位淡然沉著的十五歲年輕女孩，「這段時間，就由我來招待您。」

弗瑞頓．納特爾努力的想要說一些得體的話，既能討好眼前的姪女，又不至於對即將現身的姑姑失禮。他其實私底下很懷疑，這一連串拜訪陌生人的行動，對於他目前改善精神狀況的療程，是不是真的有幫助？

「我知道會發生什麼事，」當他準備移居到這個鄉下地方的時候，他的姊姊這麼說，「你在那裡一定會變成邊緣人，不跟任何人說話，然後你的精神狀況就會因為心情不好而越來越糟糕。我應該寫一些介紹信讓你帶過去，寫給每一個我認識的人。其中有一些，如果我沒記錯，都是很不錯的人。」

弗瑞頓心中忐忑，不知道他拿著介紹信來拜訪的這位薩普頓夫人，是不是屬於好人的這一類。

「您在這裡認識很多人嗎？」姪女開口問道，她覺得他們之間無聲的交流已經夠久了。

「幾乎都不認識，」弗瑞頓說，「我姊姊以前住過這裡，就在這區，大概是四年前，她寫了介紹信，讓我帶給一些在地人。」

他話說到最後，語氣明顯透露出低落的情緒。

「那，您其實完全不認識我姑姑？」這位淡定的年輕女孩追問。

「只知道她的姓名和住址。」弗瑞頓承認。他心中猜測薩普頓夫人要不是已婚，就是寡居。雖然說不出所以然，但這房子感覺就是有男性居住。

「不幸降臨在她身上，也不過是三年前，」年輕姪女說，「應該是您姊姊離開之後的事。」

「不幸？她？」弗瑞頓問道。不知為何，不幸的事感覺和這個寧靜的鄉下地方格格不入。

「您可能會納悶，為什麼十月分的午後時分，我們還讓那扇窗敞開著？」姪女說，手指著一扇面對草坪的大型落地窗。

「今年這個時間仍相當暖和，」弗瑞頓說，「不過，這扇落地窗和不幸有什麼關係？」

「就在三年前的今天，她先生和兩個年輕的弟弟就從那扇落地窗出門打獵。他們從此再也沒有回來。沼澤過去就是他們最愛的鷸鳥獵場，沒想到他們三個都被險惡的沼澤給吞沒了。我跟您說，那年夏天真是可怕，潮溼又多雨，往年可以安全通過的地方可能無預警的就塌了。他們的屍首一直沒有被找到，這是最嚇人的一點。」說到這裡，這位年輕姑娘的語氣就沒這麼沉著了。她有些遲疑的說：「可憐的姑姑一直相信，總有一天他們會回來，還有那一隻跟著一起失蹤的棕色小獵犬，一定會如往常般從那扇落地窗走進來。這就是為什麼那扇窗每天下午都會開著，直到天色完全暗下來。我可憐的姑姑，她常常跟我說起那天他們三個人出門的模樣，她的先生胳膊上搭著他的白色防水外套；羅尼，她最年輕的弟弟，老是唱著《貝蒂，你跳什麼跳？》來取笑她，弄得她不開心。您知道嗎？有時候啊，像今天這樣寂靜的午後，我會全身不寒而慄，感覺他們可能會從那扇落地窗走進來。」

她打了個寒顫，不再說話。這時，那位姑姑風風火火的進到房間裡來，為她的遲到連聲道歉，弗瑞頓因此鬆了一口氣。

「我希望維拉有讓您覺得愉快？」

「她非常有意思。」弗瑞頓回答。

「希望您不會介意那扇開著的窗，」薩普頓太太輕快的說，「我的先生和弟弟們打獵去了，他們很快就會回來，他們都會從那裡進屋。今天他們到沼澤區打鳥去了，等等回來一定會把我可憐的地毯弄得一團糟。男人總是這樣，不是嗎？」

她興致昂揚，不停的聊著打獵的話題，一下說現在鳥兒少了，一下子又說希望冬天能獵到鴨子。對弗瑞頓而言，這一切都太嚇人了。他非常努力的想把話題引開，聊一些比較不可怕的事情，但是效果很有限。他非常清楚，招待他的女主人其實沒放多少心思在他身上，她的目光時不時越過他，穿過落地窗，落在戶外的草地上。他居然在這麼悲劇性的紀念日來訪，實在是太糟糕的巧合了。

「醫師們都認為我需要澈底的休息，心情放輕鬆，而且不能從事太激烈的運動，」弗瑞頓慎重的說，他一直都有生病的人普遍可見的通病，就是認為不管陌生人或是朋友，都會想要刺探有關他們的疾病、症狀、病因，還有關於治療的消息。「但在飲食這方面，他們的見解不盡相同。」他繼續說。

「這樣呀？」薩普頓太太發出了一個聲音，感覺在發話前才忍住了一個哈欠。然後，似乎有事吸引了她的注意力，讓她的神情亮了起來——但絕不是因為弗瑞頓說的話。

「他們終於回來了！」她喊道，「剛好來得及一起喝茶，你看看他們是不是活像三個泥人，只剩眼睛是乾淨的了！」

弗瑞頓渾身輕輕顫抖，目光轉向年輕的姪女，用表情傳遞帶著同情的理解。只見這孩子，眼睛瞪向窗外，一臉茫然，眼神透露著害怕。一股無名的恐懼感籠罩弗瑞頓，他轉身往相同的方向看去。

漸暗的暮色中，三個形體正穿過草坪朝著落地窗走過來，他們手裡都帶著槍，其中一個肩上還披掛著一件白色外套。精疲力盡的棕色獵犬緊緊的跟在他們腳邊。

他們無聲的接近屋子，然後一個粗啞的年輕嗓音劃破薄暮，開始唱：「我說，貝蒂，你跳什麼跳？」

弗瑞頓一把抓起他的手杖、帽子，在昏暗中倉皇的衝出大廳、碎石車道，還有前門。一名自行車騎士為了閃避他，還摔進路邊的樹籬裡。

「親愛的，我們回來了，」走進來開口說話的正是帶著白色外衣的男士，「全身都是泥，不過大部分都已經乾了。對了，我們剛走進來時，那個衝出去的人是誰啊？」

「一個怪人，某位納特爾先生，」薩普頓夫人回答，「只會聊他的病，你們到家的時候，他慌慌張張的走了，也沒有道別或是說聲抱歉。不知道的人，還以為他見鬼了呢！」

「我覺得應該是獵犬的關係，」年輕姪女平靜的說，「他告訴我他怕狗。有一回，他在印度恆河岸邊的某個地方，被一群賤民的狗追到了一處墓地，他被迫在一個剛挖好的墓地裡過夜，這群狗就在他上方狂吠、咧嘴，口裡還吐著泡沫。遇上這樣的事，任誰都會嚇破膽。」

隨口瞎編故事，是她的拿手絕活。

沙奇

（筆名Saki，本名為赫克托．休．芒羅Hector Hugh Munro, 1870～1916）

為英國著名小說家，生於緬甸，父親曾是緬甸警察，後來他自己也曾回到緬甸擔任警察。第一次世界大戰爆發後，沙奇再度應徵入伍，不幸死於戰壕，結束其短暫的寫作生涯。他的短篇小說充滿嘲諷趣味，以一種駭人的「黑色幽默傾向」聞名。寫作風格頗為幽默，情節生動，人物性格鮮明，常在作品中鋪設伏筆，暗藏懸疑，營造出人意表的結局。作品中處處可感受到成人世界虛偽可笑的森冷氛圍，固然可怖，讓人頭皮發麻，但讀者依然可以從其中領略某種溫馨的人性。他故事中的「黑色幽默」（blackness）程度可與羅德．達爾（Roald Dahl）的作品媲美。

文學大師領讀

〈敞開的落地窗〉文字不多，但結構完整，頗具恐怖小說的驚悚味道，亦蘊含淡淡的嘲諷與喜劇特質。全文可歸納出下列四項優點，而且這四項缺一不可：

一、小說巧設機關，緊扣向下發展環節。這篇小說成功營造恐怖氣氛的原因，在於女孩維拉編撰故事的基礎並非空穴來風，而是來自事實以及人類感官可知覺的真實。而這些事實與真實，被刻意的安排在情節之間，正是作者在小說中一一埋下線索的精心布局。

二、借「景」發揮，取用已知事實編撰故事。落地窗是敞開的，而且小女孩早知姑丈即將歸來，並且深諳姑姑每次等待姑丈歸來的行動。女主人等待丈夫的反應強化了女孩故事的真實性，這便是故事成立的最後一個關鍵。

三、時間設定在多雨的十月，光線漸冥的薄暮時分，是作者巧妙的安排。秋天鳥獸最為成熟肥美，對獵人來說是再理想不過的打獵季節，所以作者要安排「薩普頓先生一行人打獵，最後竟然一去不返」，其時間點選擇十月很適宜。加上這個月恰是「一年中相當溫暖的月分」，住家會將落地窗打開，當然一點兒也不奇怪；但時間點若再延後一兩個月，待氣候轉為寒冷，窗戶敞開的必然性減低，小女孩的故事就不能成立了。且多雨和薄暮時分更能襯托恐怖氣氛。

四、作者將空間選定在一間近乎封閉的屋內，讓兩個素昧平生、年紀迥異的人待在一起，首先營造出了某種不自在的氛圍；透過面對這種不自在的處理方式，人物的個性自然而然會對應出符合的行動和態度（如：納特爾拘謹、神經質，他的反應就是刻意表現客套。）這正是選用封閉空間要比一個開放空間更加精準帶來的好處。

其次，封閉的空間也間接限定了兩人對話的主題。如此一來，一扇「敞開的窗子」就能合理的成為打破空間和互動封閉性的話題，為女孩的故事創造懸疑的「開始」，並誘引納特爾（和讀者）產生一種好奇——窗戶「敞開」了，其實也意味了人們的想像力將跟著釋放，產生無數未知（包括恐怖）的可能性——很想知道窗外究竟發生什麼事，然後無可避免的，像是游進漁網裡的魚，只能任由女孩「宰割」了。

十月與六月

美國｜奧·亨利｜O. Henry

上尉黯然凝視著掛在牆上的指揮刀，旁邊的衣櫃裡收著他那件飽經風霜，穿到褪色的軍袍。烽火連天的日子似乎是好久好久以前的事了。

這位在國家多難之秋投效軍旅的老兵，現在竟被一雙溫柔的眼眸、含笑的紅唇徹底征服，舉手投降。他坐在寂靜的房間裡，手裡拿著一封從她那兒寄來，剛剛收到的信，所以才如此黯然神傷。他又讀了一次那段澈底粉碎美夢的要命字句：

「你的求婚讓我倍感榮幸，但是我不得不婉謝，且覺得必須坦白以對。我會這樣決定，是因為我們之間懸殊的年齡差距。我非常非常喜歡你，但我深知這段婚姻不會美滿。談到這點，我很抱歉，不過我相信，我老老實實說出真正原因，你是不會見怪的。」

上尉嘆了口氣，以手掩面。沒錯，他倆差了許多歲，但是他身強體壯，有財富有地位。他的愛，他的細心呵護，他可以給她一切的幸福，難道不能使她忘掉年齡問題嗎？而且他幾乎篤定她也喜歡他。

上尉向來行事果斷。在部隊裡，他曾因當機立斷、精力充沛而出人頭地。現在，他要去見她，再次面訴衷情。年齡！在他和他所愛的人之間，又算得了什麼？

不到兩小時，他已準備妥當，輕裝待發，去打他生平最重要的一仗。他跳上火車，前往田納西州南方，她所住的古老城鎮。

上尉穿過大門，踩著碎石子路走上前時，希歐朵拉·黛明正站在有廊柱的古老豪宅臺階上，欣賞無限美好的夏日黃昏。她對他報以微笑，落落大方。上尉站在她面前低一階的臺階上，兩人的年齡看起來似乎差別不大。他長得高大挺拔，兩眼清澈，皮膚黝黑，她則散發迷人的女人味。

「我沒料到你會來，」希歐朵拉說，「不過既然來了，不妨在臺階上坐一會兒吧。你沒收到我的信嗎？」

「收到了，」上尉說，「所以我才來。希歐，能不能請你重新考慮？」

希歐朵拉朝他嫣然一笑，他的年齡確實看不太出來。她真喜歡他的堅強，他那健康的容貌，和他的男子氣概——算是吧，如果——

「不，不，」她堅決的搖搖頭，「這根本不可能。我非常喜歡你，但結婚是行不通的。我的年紀和你的——別讓我再重複一遍——我已在信裡說明白了。」

上尉古銅色的臉龐泛起微微紅暈。他沉默了好一會兒，黯然望向暮色。在一片樹林後面，他看到一片田野，當年弟兄們朝海邊行軍時，曾在那兒紮營，想起來似乎是很久前的事了。真的，命運和歲月實在欺侮他，橫亙在他和幸福之間的阻礙，不過是短短幾年呀！

希歐的手輕輕滑了下來，讓他用結實黝黑的手緊緊握住。她至少感受到這份近乎真愛的感情。

「請別這麼傷心，」她輕聲道，「這是最好的結果。我自己好好的分析過了。總有一天，你會慶幸我沒有嫁給你。新婚那一陣子會很美好——但你想想，只要再過短短幾年，我們的興趣會有多大差別！一個只想坐在壁爐旁看書，也許還揉著到晚上就發作的神經痛或風溼；另一個則渴望參加舞會、看戲或吃宵夜。不行，我們的差別雖然說不上像十二月與五月，卻絕對像十月與六月初。」

「你要我怎麼做我都肯，希歐。要是你想——」

「不，不會的。你現在這樣想，但到時候就變了。請別再求我了。」

上尉打輸了這場仗。但他是一名英勇的戰士，起身告辭時，他緊抿雙唇，抬頭挺胸。

當晚他就搭火車北上。第二天傍晚，他已經在自己房裡，那間牆上掛著指揮刀的臥房。他正在更衣，準備赴晚宴。他一邊把白領結打得端端正正，一邊若有所思的自言自語：

「憑良心說，希歐朵拉說的不是沒有道理。沒有人能否認她的美，但就算估計得再保守，她看來也有二十八歲了。」

可是上尉只有十九歲，除了查塔諾加市的閱兵場——那個他最接近美西戰爭的地方——他還沒拔出過指揮刀呢。

奧・亨利

（O Henry, 1862~1910）

本名威廉・西德尼・波特（William Sidney Porter）。美國短篇小說作家，也是美國具有影響力的小說家之一。因創辦的雜誌倒閉，被控挪用公款逃亡而被捕，服刑期間認真寫作，以「奧・亨利」為筆名發表大量短篇小說，因表現優異而提前假釋。他的作品常以出人意料的結局（被稱為「奧・亨利式結尾」）聞名，內文構思精巧，語言詼諧幽默，享有「短篇小說之王」的美譽。

文學大師領讀

或許你曾聽過這樣的說法：「他們有五月、十二月的關係。」這到底是什麼意思？一個人在五月出生，另一個人在十二月出生，這有什麼大不了的？

事實上，「五月、十二月的關係」（May-December Romance）在英文中是被用來描述兩個年齡相差很大卻相愛的人。五月象徵年輕人活力的開始，而十二月則是老年人接近高齡的意思。

在奧．亨利的這篇〈十月和六月〉中，或許可以從篇名推測是暗喻戀人的年齡差異，但細讀故事後，會發現除了分別暗喻女主角和男主角的年齡，也指兩人的生活方式。生活態度的轉變，一如四季，在不同的季節，不同的人生階段，不同的境遇，領略不同的風景。作者巧用譬喻，刻意把五月和十二月改為六月和十月，縮短兩人間的年齡差距。

只是這篇故事初始，明明看似朝著一個方向發展——男主角上尉彷彿是個年長且擁有無數功勞的英雄，始終不解女主角為什麼不接受他的愛，最後作者筆鋒輕輕一轉，結尾是意料之外的結論與高潮——點出不是男大於女，而是女大於男，讀者最終才了解她在前面所說的一切，也讓讀者重新評估敘述與角色。這篇短篇小說雖然讓人大吃一驚，但其戲劇性既在意料之外，又在情理之中。

打賭

俄羅斯｜契訶夫｜
Anton Pavlovich Chekhov

一個黑沉沉的秋夜，老銀行家在他的書房裡踱來踱去，回想起十五年前也是在秋天他舉行過的一次晚會。在這次晚會上，來了許多有識之士，談了不少有趣的話題，他們順便談起了死刑。賓客之中有不少學者和新聞記者，大多數人對死刑持否定態度。他們認為這種刑罰已經過時，不適用於信奉基督教的國家，而且不合乎道德。照這些人的看法，死刑應當一律改為無期徒刑。

「我不同意你們的觀點，」銀行家主人說，「我既沒有品嘗過死刑的滋味，也沒有體驗過無期徒刑的磨難，不過如果可以主觀評定的話，那麼我以為死刑比無期徒刑更合乎道德，更人道。死刑把人一下子處死，而無期徒刑卻慢慢的把人處死。究竟哪一個劊子手更人道？是那個幾分鐘內處死您的人，還是在許多年間把您慢慢折磨致死的人？」

「兩種刑罰同樣不道德，」有個客人說，「因為它們的目的是一致的——奪去一個人的生命。國家不是上帝，它沒有權力奪去即使日後有心歸還，卻無法歸還的生命。」

客人中間有一個二十五歲的年輕律師。別人問他的看法時，他說：

「不論死刑還是無期徒刑都是不道德的，不過如果要我在死刑和無期徒刑中作一選擇，那麼我當然選擇後者。活著總比死了好。」

這下熱烈的爭論開始了。銀行家當時年輕氣盛，一時興起，一拳捶到桌上，對著年輕的律師嚷道：

「這話不對！我用兩百萬打賭，您在囚室裡坐不了五年！」

「如果這話當真，」律師回答說，「那我也打賭，我不是坐五年，而是十五年。」

「十五年？行！」銀行家喊道，「諸位先生，我下兩百萬賭注。」

「我同意！您下兩百萬賭注，我用我的自由作賭注！」律師說。

就這樣，這個野蠻而荒唐的打賭算成立了。銀行家當時到底有幾百萬家財，連他自己也說不清，他嬌生慣養，輕浮魯莽，打完賭興高采烈。吃晚飯的時候，他取笑律師說：

「年輕人，清醒清醒吧，現在為時不晚。對我來說兩百萬是小事一樁，而您卻在冒險，會喪失您一生中最美好的三、四年時光。我說三、四年，因為您不可能坐得比這更久。不幸的人，您也不要忘了，自願受監禁比被強迫坐牢要難熬得多。您有權利隨時出去享受自由——這種想法會使您在囚室中的生活痛苦不堪。我可憐您！」

此刻銀行家在書房裡踱來踱去，想起這件往事，不禁問自己：

「何苦打這種賭呢？律師白白浪費了十五年大好光陰，而我損失了兩百萬，這有什麼好處呢？這能否向人們證明，死刑比無期徒刑壞些或者好些？不能，不能。荒唐，毫無意義！在我這方面，完全是因為飽食終日，一時心血來潮；在律師方面，則純粹是貪圖錢財……」

隨後銀行家回想起當年晚會後的事。當時決定，律師必須搬到銀行家後花園裡的一間小屋裡住，在最嚴格的監視下過完他的監禁生活。規定在十五年間他無權跨出門檻，看見活人，聽見人聲，收到信件和報紙。允許他有一樣樂器，可以讀書、寫信、喝酒和抽菸。根據契約，他只能通過一個為此特設的小窗跟外界聯繫，而且不許說話。他需要的東西，如書、樂譜、酒等等，他可以寫在紙條上，要多少給多少，但只能通過小窗。契約規定了種種條款和細節，保證監禁做到嚴格的隔離，規定律師必須待滿十五年，即從一八七〇年十一月十四日十二時起至一八八五年十一月十四日十二時止。律師一方若有任何違反契約的企圖，哪怕在規定期限之前早走兩分鐘，即可解除銀行家支付他兩百萬的義務。

在監禁的第一年，根據律師的簡短便條來看，他又孤獨又煩悶，痛苦不堪。不論白天還是夜晚，從他的小屋裡經常傳出鋼琴的聲音，他拒絕喝酒抽菸。他寫道：酒激起欲望，而欲望是囚徒的頭號敵人。再說，沒有比喝著美酒卻見不著人更煩悶的了；煙則熏壞他房間裡的空氣。第一年，律師索要的都是內容輕鬆的讀物，像是情節複雜的愛情小說、偵探小說、神話故事、喜劇等等。

第二年，小屋裡不再有樂曲聲，律師的紙條上只要求古典作品。第五年又傳出樂曲聲，囚徒要求送酒去。那些從小窗外監視他的人說，整整一年他只顧吃飯、喝酒、躺在床上，哈欠連連，憤憤不平的自言自語。他不讀書。有時夜裡會爬起來寫東西，寫得很久，一到清晨又把寫好的東西統統撕碎。他們更不止一次聽到他在牢房裡哭泣。

第六年的下半年，囚徒熱衷於研究語言、哲學和歷史。他如飢似渴的鑽研這些學問，弄得銀行家都來不及訂購到他索要的書。在後來的四年間，經他的要求，總計買了六百冊書。在律師陶醉於閱讀期間，銀行家還收到他這樣的一封信：

親愛的典獄長：

我用六種文字給您寫信，請將信交給有關專家審閱，如果他們找不出一個錯誤，那麼我請求您讓人在花園裡放一槍。槍聲將告訴我，我的努力沒有付諸東流。各國歷代的天才儘管所操的語言不同，然而他們的心中都燃燒著同樣熱烈的激情。啊！但願您能知道，由於我能了解他們，現在我的內心體驗到多麼巨大而非人間所有的幸福！

囚徒的願望實現了，銀行家吩咐人在花園裡放了兩槍。

十年之後，律師一動也不動的坐在桌旁，唯讀一本《福音書》。銀行家覺得奇怪，既然他在十年裡能讀完六百本深奧的著作，這麼一本好懂、不厚的書怎麼要讀上一年工夫呢？讀完《福音書》，他接著讀宗教史和神學著作。

在監禁的最後兩年，囚徒不加選擇，讀了很多的書。有時他研究自然科學，有時要求拜倫和莎士比亞的作品。他的一些紙條上往往要求同時給他送化學書、醫學書、長篇小說、某篇哲學論文，或者神學著作。他看書就好像落水後在海中漂浮，為了救自己的命，急不可待的時而抓住沉船的這塊碎片，時而抓住另一塊浮木！

老銀行家回憶這些事後想道：

「明天十二點他就要獲得自由。按契約我應當付他兩百萬。如果我付清款項，我就澈底破產，一切都完了……」

十五年前他不知道自己到底有多少個一百萬，如今卻害怕問自己的財產多還是債務多。交易所裡全憑僥倖的賭博，冒險的投機買賣，直到老年都改不了的急躁脾氣，漸漸使他的事業一落千丈。這個無所畏懼、過分自信、傲慢的富翁現在變成一個中產的銀行家，證券的一起一落總讓他膽戰心驚。

「該詛咒的打賭！」老人嘟囔著，絕望的抱住頭，「這個人怎麼不死呢？他還只有四十歲。不久他就會拿走我最後的錢，然後結婚，享受生活的樂趣，搞證券投機。我呢？則變成了乞丐，只能嫉妒的看著他，每天聽他那句表白：『多虧您，我才得到幸福，讓我來幫助您。』不，這太過分了！擺脫破產和恥辱的唯一辦法就是這個人的死！」

時鐘敲了三下。銀行家側耳細聽：房子裡的人都睡了，只聽見窗外的樹木凍得嗚嗚作響。他竭力不弄出響聲，從保險櫃裡取出十五年來從未用過的房門鑰匙，穿上大衣，走出房去。

花園裡又黑又冷，下著雨。潮溼而刺骨的寒風呼嘯著颳過花園，不容樹木安靜。銀行家集中注意力，仍然看不見土地，看不見白色雕像，看不見那座小屋，看不見樹木。他摸到小屋附近，叫了兩次看守人，沒人回答。顯然，看守人躲風雨去了，此刻正睡在廚房或者花房裡。

「如果我有足夠的勇氣實現我的意圖，」老人想，「那麼嫌疑首先會落在看門人身上。」

他在黑暗中摸索著臺階和門，進入小屋的前室，隨後摸黑進了不大的走道，劃了一根火柴。這裡一個人也沒有。有一張床，但床上沒有被子，角落裡有個黑糊糊的鐵爐。囚徒房門上的封條完整無缺。

火柴熄滅了，老人心慌得渾身發抖，摸到小窗往裡張望。

囚徒室內點著一支昏黃的蠟燭，他本人坐在桌前。從這裡只能看到他的背、頭髮和兩條胳膊。在桌子上，在兩個圈椅裡，在桌旁的地毯上，到處放著攤開的書。

五分鐘過去了，囚徒始終沒有動一下，十五年的監禁教會了他靜坐不動。銀行家彎起一根手指敲敲小窗，囚徒對此毫無反應。這時銀行家才小心翼翼的撕去封條，把鑰匙插進鎖孔裡。生鏽的鎖發出一聲悶響，房門吱嘎一聲開了。銀行家預料裡頭會立即發出驚叫聲和腳步聲，可是過了兩、三分鐘，門裡卻像原先一樣寂靜。他決定走進房間裡。

桌子後面一動不動坐著一個沒有人樣的人。這是一具瘦成皮包骨的骷髏，一頭長長的像女人那樣的捲髮，鬍子亂蓬蓬的。他的臉呈土黃色，面頰凹陷、背部狹長，胳膊又細又瘦，一隻手托著長髮蓬亂的頭，那模樣看上去真嚇人。他的頭髮早已灰白，瞧他那張像老人般枯瘦的臉，誰也不會相信他只有四十歲。他入睡了……桌子上，在他垂下的頭前有一張紙，上面寫著密密麻麻的字。

「可憐的人！」銀行家想道，「他睡著了，大概正夢見那兩百萬呢！只要我抱起這個半死不活的人，把他扔到床上，用枕頭悶住他的頭，稍稍壓一下，那麼事後連最仔細的醫檢也找不出橫死的跡象。不過，讓我先來看看他寫了什麼……」

銀行家拿起桌上的紙，讀到下面的文字：

明天十二點我將重新獲得自由，獲得跟人交往的權利。不過，在我離開這個房間、見到太陽之前，我認為有必要對您說幾句話。憑著清白的良心，面對注視著我的上帝，我向您聲明：我蔑視自由、生命、健康，蔑視你們書裡稱之為人間幸福的一切。

十五年來，我潛心研究人間的生活。的確，我看不見天地和人們，但在你們的書裡我喝著香醇的美酒，我唱歌，在樹林裡追逐鹿群和野豬，和女人談情說愛……由你們的天才詩人憑藉神來之筆創造出的無數美女，輕盈得猶如白雲，夜裡常常來探訪我，對我小聲講述著神奇的故事，聽得我神迷心醉。在你們的書裡，我攀登上厄布爾士山脈和白朗峰的頂巔，從那裡觀看早晨的日出，觀看如血的晚霞如何染紅了天空、海洋和林立的山峰。我站在那裡，看到在我的上空雷電如何劈開烏雲，像人蛇般游弋；我看到綠色的森林、原野、河流、湖泊、城市，聽到海上女妖的歌唱和牧笛的吹奏；我甚至觸摸過美麗魔鬼的翅膀，它們居然飛來跟我談論上帝……在你們的書裡我也墜入過無底的深淵，我創造奇蹟、行凶殺人、燒毀城市、宣揚新的宗教，征服了無數王國……

你們的書給了我智慧。不倦的人類思想千百年來所創造的一切，如今濃縮成一團，藏在我的頭顱裡。我知道我比你們所有的人都聰明。

我也蔑視你們的書，蔑視人間的各種幸福和智慧。一切都微不足道，轉瞬即逝，虛幻莫測，不足為信，有如海市蜃樓。雖然你們驕傲、聰明而美麗，然而死亡會把你們澈底消滅，就像消滅地窖裡的老鼠一樣，而你們的子孫後代，你們的歷史，你們的不朽天才，將隨著地球一起或者凍結成冰，或者燒毀。

你們喪失理智，走上邪道。你們把謊言當成真理，把醜看作美，如果由於某種環境，蘋果樹和橙樹上不結果實，卻忽然長出癩蛤蟆和蜥蜴，或者玫瑰花發出馬的汗味，你們會感到奇怪；同樣，我對你們這些寧願捨棄天國來換取人世的人也感到奇怪。我不想了解你們。

為了用行動向你們表明我蔑視你們賴以生活的一切，我放棄那兩百萬，雖說我曾經對它像對天堂一樣夢寐以求，可是現在我蔑視它。為了放棄這個權利，我決定在規定期限之前五個小時離開這裡，進而違反契約……

銀行家讀到這裡，把紙放回桌上，在這個怪人頭上親了一下，含淚走出小屋。他在一生中任何時候，哪怕在交易所輸光之後，也不曾像現在這樣深深蔑視自己。回到家裡，他倒在床上，然而激動的眼淚使他久久不能入睡……

第二大早晨，嚇白了臉的看守人跑來告訴他，說他們看到住在小屋裡的人爬出窗子，進了花園，往大門走去，後來就不知去向了。銀行家帶領僕人立即趕到小屋，證實囚徒確實跑掉了。為了杜絕無謂的流言，他取走桌上那份放棄權利的聲明，回到房間，把它鎖進保險櫃裡。

契訶夫

（Anton Pavlovich Chekhov, 1860～1904）

俄國的世界級短篇小說巨匠，其劇作也對二十世紀的戲劇產生了很大影響。他注重描繪俄國人民的日常生活，塑造具有典型性格的小人物，藉此忠實反應出當時俄國的社會現況。因此他的作品有三大特徵：對醜惡現象的嘲笑、對貧苦人民的深切的同情、富幽默性和藝術性。

契訶夫以語言精鍊、準確見長，善於透過對生活表層進行探索，來揭露人物隱蔽的動機。他的優秀劇本和短篇小說沒有複雜的情節和清晰的解答，一些貌似平凡瑣碎的故事，卻創造出一種令人難忘，抒情意味極濃的藝術氛圍。他採取簡潔的寫作技巧以避免炫耀文學手段，被認為是十九世紀末俄國現實主義文學的傑出代表。

在〈打賭〉中，作者決定分析無期徒刑還是死刑哪個更糟。為了做到這一點，他下了一個在現實生活中可能永遠不會發生的賭注。這是契訶夫的典型特徵，他喜歡在一個簡單的情節背景下，研究哲學問題，因為它們可能在現實生活中發生，產生真正的後果，而不是如研究哲學問題般簡單、抽象的研究它們。

透過這個故事，契訶夫展示了理想主義的陷阱和青年的愚蠢。如果律師年紀大點，聰明點，他便永遠不會如此衝動的決定去打這個賭。如果他有家庭、妻子、孩子——任何依賴於他的支持結構——他都不會同意。所以賭注也體現了男人和青年的自私。沒有什麼可輸的，還有兩百萬的收益，律師想不出拒絕這個賭注的理由。

非常有趣的是，契訶夫在下注時沒有向讀者展示律師的想法。我們唯一一次清楚看到律師的想法是在故事的後面，通過一封信。我們從來沒有看到律師完全未經修飾和過濾的思維過程，就像我們經常看到銀行家的想法一樣。這使得律師可以保持理想主義的純粹典範，犧牲多年的生命來證明他的道德原則，這是大多數人在現實生活中難以忍受的。它賦予律師一種優雅、神聖的光環。

全文隨著人物的發展而變得有趣。更有趣的一點是，這樣的目標是通過閱讀書籍來實現的。作為一名囚犯，律師要求提供各種書籍；契訶夫也隨之提供了一份很棒的書單。

倖存

一個人人都因飢餓而虛弱的惡劣冬天，
村莊決定搬到新的狩獵場，
阿爾菲克不得不捨棄他的岳母基格塔克，
如果可以的話，她可以爬到冰上追上他們。

佚名

這是一個可憐的情景，我們笑不出來，
因為這可能意味著她的死亡。
老太太半瞎了，殘廢了。
而且她沒有穿足夠的衣服來應付天氣，
但是只要她能爬行，她就會跟著。
生活對她仍然很甜蜜。
我們中間沒有人希望傷害老年人。
因為我們自己可能有一天會變老，
但是阿爾菲克別無選擇，只能把老基格塔克拋在腦後。
他不能讓她乘坐雪橇，
因為事實上他只有兩隻狗，
他和他的妻子不由自主的拖著雪橇，儘管他們很虛弱。

他們紮營後，他不能回頭去接她。
因為那意味來回奔波，花掉整夜，
這時他必須躲在呼吸孔邊。
第二天一大早去覓食，
他不能讓他的妻子和孩子挨餓，
他必須先想到他們，
因為他們眼前還有一段日子得過，
而不是幫助一個年老且精疲力盡、徘徊在死亡之門的女人。
我們有一個習慣，就是不再工作的老人，
應該幫助死神帶走他們。
老基格塔克想到了這一點，因此獨自一人在冰上，
知道自己毫無用處，無法工作了，

那麼，為什麼要堅持下去給孩子們負擔呢？
你看，不是說我們有堅強的心，
而是這裡的生活條件是無情的；
在冰雪大地中生存，
有時我們必須沒有憐憫心。

佚名

原文〈Old Kigtak〉（老基格塔克）為流傳於愛斯基摩族中的短詩，由丹麥極地探險家納德・拉斯穆森（Knud Rasmussen）於一九二二至一九二四年的第五次圖勒遠征行中收集而來，之後由美國詩人愛德華・菲爾德（Edward Field）集結成冊，收錄於一九六八年出版的《內斯利克與愛斯基摩人的短詩故事集》（Songs and Stories of the Netsilik Eskimos）一書中。

由於醫療技術的突飛猛進、個人衛生習慣的改善，近代人的壽命得以一直延長，晚輩必須考慮長輩的照顧難題。這個問題是世界性的，但解決方式絕對無法一致。每個地方的生活條件不一，對長輩的態度也不同。因此，養老送終這個大難題始終無解。

古時候的日本，是一個資源缺乏、非常貧窮的國家，百姓食不果腹。為了減少家庭糧食的消耗，人們會把年邁老人丟進深山，讓其自生自滅！而這種事情一般都是由子女去做。一九八三年，日本拍了一部電影詳細描述了這個習俗，電影的名字叫做《楢山節考》。作家松尾芭蕉的短篇〈年邁的母親〉（the Aged Mother）也是描繪類似的故事，只是最後以喜劇收場。在《記憶傳承人》中，我們讀到所謂的「解放」（release）（以毒針注射致死，即安樂死）亦是如此。

這篇短詩似乎點出：這個問題舉世皆知，但解決方式略有不同。詩中的男主人拋棄的不是親生母親，而是他的岳母。或許他太太感受更深，但別無選擇，因為年輕人總得設法活下去，何況她極可能不會遭到批評，因為大家都遵守著習俗，讓年長者去面對沒人照顧、全無未來的悲慘晚年。這不能說子孫不孝，而是大環境使然。人生就是這樣。

給上帝的一封信

墨西哥｜葛列格里奧·洛佩斯·伊·富恩特斯｜

Gregorio López Fuentes

這棟房子——整個山谷裡唯一的一棟——坐落在一處丘陵的高點。人們可以從這個高度看到河川，以及與畜欄相鄰、點綴著菜豆花的成熟玉米田，這些花總是預示著豐收。

這片土地唯一需要的是一場降雨，或至少來一陣雨。整個上午，倫喬——他對於自己的田地一清二楚——什麼也沒做，只是掃視著東北方向的天空。

「孩子的娘，現在我們確實可以得到一些水了。」

正在準備晚飯的婦人回答說：「沒錯，上帝樂意做這件事。」

年長的男孩們正在田裡工作，而較小的孩子則在房子附近玩耍，直到婦人叫他們：「來吃晚飯嘍！」

就像倫喬曾預測的，在吃晚飯時，大滴的雨水開始降下。人們在東北方，看到大片的山雲漸漸接近。空氣新鮮又甜美。

男人出去尋找在畜欄裡的某件東西，除了讓自己感覺到雨水落在身上的快樂外，沒有其他的原因。他回來時大聲說：「那些不是從天上降下的雨滴，它們是新的硬幣。大滴的是十分硬幣，小的五分……」

他臉上帶著心滿意足的表情，看著成熟玉米田與菜豆花覆蓋在一幅雨簾裡。但是，突然間，一股強風開始吹起，大大的冰雹跟雨開始降下。這些真的很像新的銀幣。男孩子們把自己暴露在雨中，跑出去收集冷凍的珍珠。

「現在確實越來越糟糕了，」男人痛心的大聲說著，「我希望這場災難會很快過去。」

但它沒有很快過去。整整一個小時，冰雹落在房子上、花園裡、山邊、玉米田，落在整個山谷裡。田地是一片慘白，彷彿覆蓋著鹽。沒有一枚葉子留在樹上，玉米完全被摧毀了；花都從菜豆上消失了。倫喬的心裡悲傷萬分。風暴過去，他站在田地中對他的兒子說：

「一場蝗災留下的都比這還多……這場冰雹掃得精光，蕩然無存；今年我們沒玉米，也沒有豆類了……」

那是個悲慘的夜晚，「我們都白幹活了！」

「沒有人可以幫助我們！」

「今年我們都得挨餓了……」

但在這座山谷中的孤獨房子裡的所有居民心中，還剩下一個希望：上帝會伸出援手。

「別那麼沮喪，即使這似乎損失慘重。記住，沒有人會死於飢餓的！」

「這也就是人們說的：沒有人死於飢餓……」

整個夜晚，倫喬只想到他唯一的希望：上帝的幫助，如同他曾學過的，上帝的眼睛看得到一切，即使是藏在人內心深處的事。

倫喬壯得像頭牛，總像動物一樣在田裡工作，但他仍然知道怎麼書寫。下個星期日天亮時，他在讓自己相信這世間有位保護神後，動手寫了一封信，親自將它帶到城裡，投進郵筒。

這等於是一封寄給上帝的信。

「上帝，」他寫道，「如果你不幫我，今年我和我的家人會挨餓。我需要一百比索來復耕和生活，維持到有了收成的時候，因為冰雹……」

他在信封上寫著「寄給上帝」，把信放進去，仍然有些困惑，就跑到鎮上。他在郵局把一張郵票貼在信上，投入郵筒。

員工之一是位郵差，也在郵局幫忙，他大笑著去找他的老闆，並且把給上帝的信拿給他看。在他當郵差的生涯中，從來不知道有那樣的地址。胖而友善的郵政局長也跟著放聲大笑，但他幾乎立刻就變得嚴肅起來，輕輕敲著書桌上的信，表示意見道：

「多麼可敬的信仰！我希望我有像這位寄件人一樣的信仰。相信他所相信的方式，以他了解希望的方式來希望。開始跟上帝通信！」

因此，為了不讓一封無法投遞的信顯示出寄件人的那種信仰奇事幻滅掉，郵政局長想出了一個妙方：回信。但是，他打開信一看，很明顯的，要回這封信，他需要的不僅僅是善心、墨水和紙張。但他仍堅持自己的決定：他要求他的員工共襄盛舉，他捐出了自己大部分薪水，幾個他的朋友也不得不為這項「慈善行為」奉獻一些。

他無法湊齊一百比索，所以他能夠送給農民的，只有比一半多一點。他把錢放進上面寫著給倫喬的信封裡，附上只有兩個字當作簽名的信：上帝。

到了下個星期日，倫喬比平常早一點來詢問是否有他的一封信。把信交給他的是局長本人，經歷一個人做了好事，從他辦公室門口旁觀一切的那種心滿意足感。

倫喬看到鈔票，沒有絲毫的驚喜——這就是他的信心——但他在算錢時，他生氣了。上帝不會犯下錯誤，也不會拒絕倫

喬的要求！

倫喬立刻走到窗口，要求紙張和筆。他在公共寫字檯開始寫信，由於他必須費力表達他的想法，額頭上盡是皺紋。他寫完後，走到窗口買郵票，舔了舔，再用拳頭敲敲貼在信封上的郵票。

信一掉進郵筒裡，郵政局長就去打開。信上寫著：

上帝：

我要求的錢，只收到七十比索。把剩下的寄給我，因為我非常需要錢。但是不要透過郵局寄給我，因為郵局的員工是一群騙子。

倫喬

葛列格里奧・洛佩斯・伊・富恩特斯

（Gregorio López Fuentes, 1897~1966）

是那個時代最偉大的作家之一。他是墨西哥詩人、小說家和記者，也是墨西哥革命的主要編年史家之一。他接觸了該地區的印第安人、農民和勞工後，在其作品中描述了他們的生活。

後來，他在墨西哥城的一所學校擔任文學教師。他創作的故事令人興奮、充滿幽默，也是墨西哥的象徵。作為現實主義作家，他的許多作品都與對美洲原住民的壓迫有關。他最知名的作品是一九三五年出版的《印第安人》（El indio），書中記錄了對於墨西哥原住民族生活的虛構研究。葛列格里奧也於同年獲得了墨西哥的國家藝術與科學獎。

文學大師領讀

這是一位勤勞農民倫喬的故事。它的主題展示了三件事：它顯示了倫喬對上帝的堅定信仰。儘管幫助者是人類，但他的信仰得到了回報。其次，它顯示了農民倫喬的純真。第三，本文傳達的訊息是，有時你的慷慨未必能得到認可。你可能不會因為你的慷慨和善良而得到任何讚揚；甚至另一方面，你可能會被誤解為騙子。

整篇故事的寓意是，即使在最黑暗的時期，對全能者的極端信仰也能給你一線希望。

讀者在細讀後，或許心中會浮現下面這些問題：

1.倫喬完全相信誰？

2.為什麼郵政局長要送錢給倫喬？

3.倫喬是否有試圖找出是誰把錢寄給了他？

4.倫喬認為誰拿走了其餘的錢？在這種情況下有什麼諷刺意味？

5.現實世界中是否有像倫喬這樣的人？你會說他是什麼樣的人？你可以從下面的語詞中選擇適當的來回答問題：

貪婪　天真　愚蠢　忘恩負義　自私

6.故事中有兩種衝突：人與自然之間，以及人與人之間。如何說明這兩種衝突？

人生風景

■〈孩子的故事〉譯者 | 張子樟
“The Child’s Story” by Charles Dickens, 1852.

■〈戰爭〉譯者 | 陳瀅如
“The War” by Luigi Pirandello

■〈我的愛人被鋸成兩半〉譯者 | 張子樟
“How My Love was Sawed in Half” from *The Atlantic Monthly*, 1960 by Robert Fontaine

■〈螞蟻與蚱蜢〉譯者 | 張子樟
“The Ant and the Grasshopper” by W.S. Maugham

■〈痛苦的帳篷〉譯者 | 張子樟
“The Tent of Agony” by Stephen Crane, 1816

意料之外

■〈敞開的落地窗〉譯者 | 陳瀅如
“The Open Window” by Saki（H. H. Munro）, 1914.

■〈十月和六月〉譯者 | 許妍飛，原載於《奧 · 亨利短篇故事集》，1903 年出版
“October and June” by O. Henry.

■〈打賭〉譯者 | 張子樟，選自《打賭和其他故事集》，1915 年出版
“The Bet” by Anton Pavlovich Chekhov, 1889.

■〈倖存〉譯者 | 張子樟
“Old Kigtak” from *Songs and Stories of the Netsilik Eskimos*, 1968 by Edward Field

■〈給上帝的一封信〉譯者 | 張子樟
“A Letter to God” by Gregorio Lopez Fuentes

本書各篇文章原始出處及版權來源（依目錄先後排序）
Index of Text and Authors ／ Copyright Notice

奇風幻語

■〈兒童天堂〉譯者｜張子樟

"Paradise of Children" by Nathaniel Hawthorne

■〈愛米的問題〉譯者｜張子樟

"Amy's Question" from *After a Shadow and Other Stories*, 1868 by T.S. Arthur

■〈最初的晚霞〉譯者｜陳紹鵬，選自 1976 年遠景版 2010 年 11 月張子樟摘寫

This excerpt from *The First Sunset*, 1940 by William March.

■〈造獅者〉譯者｜張子樟

"The Lion Makers" from *Panchatantra*.（a collection of originally Indian animal fables in verse and prose.）

■〈狼〉譯者｜陳瀅如

"Le Loup" from *Le Gaulois*, 1882 by Guy de Maupassant

為愛啟程

■〈一個古老的小故事〉譯者｜張子樟

"Ekti Khudro Puraton Golpo" from *Golpo Guchcho*, published in 1908 by Rabindranath Tagore. English version translated by Nishat Atiya

■〈小鵪鶉〉譯者｜任溶溶，選自《外國兒童短篇小說》，1979 年 8 月少年兒童出版社出版

"The Quail" by Ivan Sergeevich Turgenev.

■〈西雅圖酋長的演說〉譯者｜張子樟

"Chief Seattle Speech" by Chief Seattle, 1854.

■〈三個問題〉譯者｜張子樟，原載於《人為何而活》，1885 年出版

"The Three Questions" from *What Men Live By, and Other Tales*, 1885. by Leo Tolstoy.

■〈我有一個夢〉譯者｜張子樟

"I have a Dream" by Martin Luther King, Jr., 1963.

—企劃緣起—

成長與學習必備的元氣晨讀

■ 親子天下執行長　何琦瑜

源於日本的晨讀活動

一九八八年，大塚笑子是日本普通高職的體育老師。在她擔任導師時，看到一群在學習中遇到挫折、失去學習動機的高職生，每天在學校散漫恍神、勉強度日，快畢業時，才發現自己沒有一技之長。出外求職填履歷表，「興趣」和「專長」欄只能一片空白。許多焦慮的高三畢業生回頭向老師求助，大塚老師鼓勵他們，可以填寫「閱讀」和「運動」兩項興趣。因為有運動習慣的人，讓人覺得開朗、健康、有毅力；有閱讀習慣的人，就代表有終生學習的能力。

但學生們還是很困擾，因為他們根本沒有什麼值得記憶的美好閱讀經驗，深怕面試的老闆細問：那你喜歡讀什麼書啊？大塚老師於是決定，在高職班上推動晨讀。概念和做法都很簡單：每天早上十分鐘，持續一週不間斷，讓學生讀自己喜歡的書。一開始，為了吸引學生，她會找劇團朋友朗讀名家作品，每週一次介紹好的文學作家故事，引領學生逐漸進入閱讀的桃花源。

沒想到不間斷的晨讀發揮了神奇的效果：散漫喧鬧的學生安靜了下來，他們上課比以前更容易專心，考試的成績也大幅提升了。這樣的晨讀運動透過大塚老師的熱情，一傳十、十傳百，最後全日本有兩萬五千所學校全面推行。其後統計發現，日本中小學生平均閱讀的課外書本數逐年增加，各方一致歸功於大塚老師和「晨讀十分鐘」運動。

臺灣吹起晨讀風

二〇〇七年，《親子天下》出版了《晨讀10分鐘》一書，書中分享了韓國推動晨讀運動的高效果，以及七十八種晨讀推動策略。同一時間，天下雜誌國際閱讀論壇也邀請了大塚老師來臺灣演講、分享經驗，獲得極大的迴響。

受到晨讀運動感染的我，一廂情願的想到兒子的學校帶晨讀。選擇素材的過程中，卻發現適合十分鐘閱讀的文本並不好找。面對年紀越大的少年讀者，好文本的找尋越加困難。

對於剛開始進入晨讀，沒有長篇閱讀習慣的學生，的確需要一些短篇的散文或故事，讓少年讀者每一天閱讀都有盡興的成就感。而且這些短篇文字絕不能像教科書般無聊，也不能總是停留在淺薄的報紙新聞，才能讓這些新手讀者像上癮般養成習慣。如果幸運的遇到熱愛閱讀的老師和家長，一些有足夠深度的文本還能引起師生、親子之間，餘韻猶存的討論。

我的晨讀媽媽計畫並沒有成功，但這樣的經驗激發出【晨讀10分鐘】系列的企畫。在當今升學壓力下，許多中學生每天早上到學校，迎接他的是考不完的測驗卷。我們希望用晨讀打破中學早晨窒悶的考試氛圍。每日定時定量的閱讀，不僅是要讓學習力加分，更重要的是讓心靈茁壯、成長。在學校，晨讀就像在吃「學習的早餐」，為一天的學習熱身醒腦；在家裡，不一定是早晨，任何時段，每天不間斷、固定的家庭閱讀時間，也會為全家累積生命中最豐美的回憶。

第一個專為晨讀活動設計的系列

帶著這樣的心願，二〇一〇年，我們開創了【晨讀10分鐘】系列，邀請知名的作家、選編人，如：張曼娟、廖玉蕙、王文華等，為少年兒童讀者編選類型多元、有益有趣的好文章，陸續推出：《成長故事集》、《親情故事集》和《人物故事集》等十餘本好書，裡面的人物故事不止雋永易讀，他們的成長過程，亦十分適合作為少年讀者的學習典範。

二〇一九年，因應一〇八課綱上路，【晨讀10分鐘】關心的觸角亦從個人拓展至社會、國際，開始企劃與時下議題密切相關的主題，如：國際NGO工作者褚士瑩選編的《世界和你想的不一樣》、臺灣最大的科學社群PanSci泛科學選編的《科學和你想的不一樣》，以及帶領讀者思考全球永續發展議題的《未來世界我改變》與培養數位公民素養力的《未來媒體我看見》等書，提供讀者不同領域、類型的文本，也為孩子儲備面對多元未來的能力。

同時，【晨讀10分鐘】也與閱讀素養先鋒推手黃國珍及其帶領的團隊品學堂合作，開始有系統的為本系列書籍量身設計《閱讀素養題本》，用意不在於測試孩子讀懂多少，而是要用系統化的方式，帶領孩子理解文本，並融合自身經驗深入探究，才能真正達到吸收內化的目的。

推動晨讀的願景

在日本掀起晨讀奇蹟的大塚老師，在臺灣演講時分享：「對我來說，不管學生在哪個人生階段……，我都希望他們可以透過閱讀，讓心靈得到成長，不管遇到什麼情況，都能勇往直前，這就是我的晨讀運動，我的最終理想。」

這也是【晨讀10分鐘】這個系列出版的最終心願。

—推薦文—

晨讀十分鐘，改變孩子的一生

■ 國立中央大學神經科學研究所教授 洪蘭

古人從經驗中得知「一日之計在於晨」，今人從實驗中得到同樣的結論，人在睡眠的第四個階段會分泌跟學習有關的神經傳導物質，如血清素（serotonin）和正腎上腺素（norepinephrine），當我們一覺睡到自然醒時，這些重要的神經傳導物質已經補充足了，學習的效果就會比較好。也就是說，早晨起來讀書是最有效的。

那麼為什麼只推「十分鐘」呢？因為閱讀是個習慣，不是本能，一個正常的孩子放在正常的環境裡，沒人教他說話，他會說話；一個正常的孩子放在正常的環境，沒人教他識字，他仍是文盲。對一個還沒有閱讀習慣的人來說，不能一次讀很多，會產生反效果。十分鐘很短，只有一個小時的六分之一而已，對小學生來說，是一個可以忍受的長度。所以趁孩子剛起床精神好時，讓他讀些有益身心的好書，開啟一天的學習。好的開始是成功的一半，從愉悅的晨間閱讀開始一天的學習之旅，到了晚上在床上親子閱讀，終止這個歷程，如此持之以恆，一定能引領孩子進入閱讀之門。

新加坡前總理李光耀先生看到閱讀的重要性，所以新加坡推〇歲閱讀，孩子一生下來，政府就送兩本布做的書，從小養成他愛讀書的習慣。凡是習慣都必須被「養成」，需要持久的重複，晨讀雖然才短短十分鐘，卻可以透過重複做，養成孩子閱讀的習慣。這個習慣一旦養成後，一生受用不盡，因為閱讀是個工具，打開人類知識的門，當孩子從書中尋得他的典範之後，父母就不必擔心了，典範能讓他自動去模仿，就像拿到世界盃麵包大賽冠軍的吳寶春說：「我以世界冠軍為目標，所以現在做事就以世界冠軍為標準。冠軍現在應該在看書，不是看電視；冠軍現在應該在練習，不是睡覺……」，當孩子這樣立志時，他的人生已經走上了康莊大道，會成為一個有用的人。

晨讀十分鐘可以改變孩子的一生，讓我們一起努力推廣。

隨著認知能力發展，青少年需要不一樣的讀物

■前國立中央大學學習與教學研究所教授　柯華葳

青少年要讀什麼？根據閱讀發展，一般青少年可以透過閱讀學習，讀兒童的圖畫書，讀成人的科普、言情小說，或是其他以他們為對象所寫的作品，他們什麼都可以讀。

從成長與需求來說，青少年在生理上會轉變為大人，認知上同樣會轉變。明顯的行為表現在他們回嘴、不在乎和不屑的表情上。一些特徵如：為辯論而抬槓、驟下結論、堅持自己的權利、故意找麻煩以及誇張的言行。青少年行為與思考上的改變，是因為認知上他們可以同時處理多件事務，形成假設思考，以符號進行抽象思考並隱藏情緒。這樣的發展使他們不再滿足於單一的答案。青少年自然會質疑成人提出的是非標準與價值觀。同時，他們也看不起類似兒童的思考與行為，取笑他人幼稚就是一例。

因此，青少年的讀物在內容、結構上需要複雜些，才能引起他們認知上的共鳴。他們

可以閱讀一篇呈現不同觀點的文章，或是針對同一議題以不同觀點寫下的多篇文章。青少年不但可以讀不同論點的文章，還可以分析、綜合及批判所讀到的文章。

如前面所述，青少年什麼都可以讀，因為他們的認知發展能力，已經足以批判讀物。不過，為了吸引許多有能力卻沒興趣閱讀的青少年，親子天下邀請張曼娟、王文華、廖玉蕙三位關心閱讀的超人氣作家，為青少年學子編選了三本文集，包括成長故事、人物故事和幽默散文。另外，也邀請了鑽研西洋文學領域多年的張子樟教授，編選了這部西洋名家短篇集。書中所選作家都是最重要的作家，不讀他們的著作便顯得無知。所選人物則是一等一人物，不知道他們的事蹟，更是無知。至於幽默，非思考複雜的人，不容易掌握其中訣竅。幽默是透過轉注、假借甚至跨領域做暗喻。兒童知道什麼好笑，但不易理解幽默。青少年的認知能力提升，當可體會文中趣味。而成長和人物故事都涉及由不同角度來讀一個人或一段事蹟，此時青少年的分析與批判能力就派上用場了。

這一系列文集名為【中學生晨讀10分鐘】，還加入了「文學大師領讀」的設計，更能吸引中學生閱讀。這些文章不長，文字不深奧，但請讀者不要三兩下翻完，就覺得讀過了。建議大家養成一個習慣，慢慢讀，或許只需要三、五分鐘，然後，闔上書，安靜一下（心中默數1至30），接著問自己：讀到什麼、作者想說什麼以及自己對作者有什麼想法。若是在班級進行晨讀，請老師也放下手邊工作和學生一同閱讀。讀完後，同樣先保持沉默，這十分鐘請盡量留給學生閱讀與交流。謝謝老師。

—推薦文—

下一個十分鐘，閱讀

■國立臺東大學兒童文學研究所　王友輝

十分鐘，十分鐘可以完成什麼樣的事情？十分鐘，似乎很短，短到不經意之間就會從指縫中、眨眼間溜走，而寶貴的青春歲月，會有幾個我們可以真正掌握的十分鐘？可以帶我們飛到天堂，打開潘朵拉的盒子嗎？可以帶我們看見晚霞被製造的那一刻嗎？可以帶我們遇見偉大的印第安酋長嗎？可以讓我們寫一封信給上帝，向他借錢嗎？可以讓我們與人打一個十五年的賭，而終於明白人生嗎？或者，可以讓我們遇見獅子、遇見狼，抑或是參與一場此生難忘的冒險行動？這樣的十分鐘，會不會勾引起我們的興趣？

這本書裡的每一個篇章，都是十分鐘就可以讀完，讀完之後的成就感，可以讓我們明天再讀，就像《一千零一夜》裡聽故事的那個國王，著迷的陷入故事的漩渦，忘記背叛的殘酷、忘記失望的痛苦，當然，也可以讓我們將故事埋入記憶深處，有時突然想起，就繼續咀嚼字裡行間的有趣想法，再度體驗在青春歲月的無聊日常生活裡，一場千載難逢的際遇。如果我們因此而養成閱讀的習慣，套一句廣播裡的廣告詞：「讓我們一生受用無窮！」

也不免讓我記起猶然年少之時的種種閱讀經驗，曾經躲在被窩裡、坐在街角的租書店裡、欲罷不能的徹夜不眠，看著其實也看不太懂卻仍被文字吸引的那樣的青春期，焦躁的心被撫平了，想像力被激發了，生活似乎開始有了一點點希望。或許當閱讀變成了習慣，真的是讀它千遍，不讀也難！希望閱讀這本書的讀者，都能與我一同經歷某一天清晨，睡眼惺忪的打開一本書，直被吸引的一口氣讀完一篇故事，那樣美好的體驗，真的令人難忘。

閱讀到這本書，就不能不提到張子樟老師，子樟老師人高馬大，卻有著相當細膩與洞悉人情的筆觸，早年是文學獎的優勝者，多年來除了勤勉教學之外，持續推動著閱讀，那種終生不悔的熱情讓人感動。事實上，這一本書，不僅僅是一本選編與譯寫的書，更充滿了子樟老師對於文學、對於閱讀，對於青少年讀者，數十年來始終如一的真摯情感，希望讀者，特別是青少年朋友們，能夠喜歡這本書，進而對於書中所選的這些大師們的作品產生濃厚的興趣而繼續「追書」。

謹以此文向子樟老師及書中的文學大師們致敬，閱讀，真的有機會改變我們的人生。

或許，這本書四大類的篇名，已經暗示了我們：經過閱讀「為愛啟程」之後，將會穿越「奇風幻語」的洗禮，看見「意料之外」的「人生風景」？那麼，不要猶豫，翻書閱讀吧！說不定下一個十分鐘，我們就可以提筆寫下自己的故事，讓閱讀的喜悅繼續被閱讀。

[中學生] 晨讀10分鐘 文學大師短篇名作選

選編人｜張子樟
作者｜威廉・馬區、泰戈爾、屠格涅夫、托爾斯泰等
譯者｜張子樟、陳紹鵬、陳瀅如、任溶溶、許妍飛等
繪者｜川貝母

責任編輯｜江乃欣
封面設計｜a yun
內頁排版設計｜曾偉婷、旭豐數位排版
行銷企劃｜陳詩茵、葉怡伶

天下雜誌群創辦人｜殷允芃
董事長兼執行長｜何琦瑜
媒體暨產品事業群
總經理｜游玉雪
副總經理｜林彥傑
總編輯｜林欣靜　行銷總監｜林育菁
副總監｜李幼婷　版權主任｜何晨瑋、黃微真

出版者｜親子天下股份有限公司
地址｜臺北市104建國北路一段96號4樓
電話｜(02)2509-2800 傳真｜(02)2509-2462
網址｜www.parenting.com.tw
讀者服務專線｜(02)2662-0332 週一～週五：09:00~17:30
讀者服務傳真｜(02)2662-6048
客服信箱｜parenting@cw.com.tw
法律顧問｜台英國際商務法律事務所・羅明通律師
製版印刷｜中原造像股份有限公司
總經銷｜大和圖書有限公司 電話：(02)8990-2588

出版日期｜2022年6月第二版第一次印行
2024年5月第二版第四次印行
定價｜399元
書號｜BKKCI022P
ISBN｜978-626-305-205-5

訂購服務
親子天下Shopping｜shopping.parenting.com.tw
海外・大量訂購｜parenting@cw.com.tw
書香花園｜台北市建國北路二段6巷11號　電話(02)2506-1635
劃撥帳號｜50331356

國家圖書館出版品預行編目資料

晨讀10分鐘：文學大師短篇名作選/納撒尼爾.霍桑，蒂莫西.謝伊.亞瑟，威廉.馬區，居伊.德.莫泊桑，泰戈爾，屠格涅夫，西雅圖酋長，托爾斯泰，馬丁.路德.金恩，狄更斯，路伊吉.皮藍德羅，羅伯特.封登，威廉.薩莫塞特.毛姆，史蒂芬.克蘭，沙奇，奧亨利，契訶夫，葛列格里奧.洛佩斯.伊.富恩特斯作；張子樟，陳紹鵬，陳瀅如，任溶溶，許妍飛譯. -- 第二版. -- 臺北市：親子天下股份有限公司，2022.06
248面；14.8X21公分
ISBN 978-626-305-205-5(平裝)

815.96　　111003924